공감공략

뒤돌아보지 않고 달려온
삶에 대한 마음 순례기

공감공락

1판 1쇄 인쇄 | 2009년 11월 30일
1판 2쇄 발행 | 2009년 12월 08일

지은이 | 김춘묵
발행인 | 이용길
발행처 | 모아북스
MOABOOKS

영업 | 권계식
관리 | 윤재현
디자인 | 이룸

출판등록번호 | 제 10-1857호
등록일자 | 1999. 11. 15
등록된 곳 | 경기도 고양시 일산구 백석동 1332-1 레이크하임 404호
대표 전화 | 0505-627-9784
팩스 | 031-902-5236
홈페이지 | http://www.moabooks.com
이메일 | moabooks@hanmail.net
ISBN | 978-89-90539-64-9 03810

모아북스 는 독자 여러분의 다양한 원고를 기다리고 있습니다.
(보내실 곳 : moabooks@hanmail.net)

뒤돌아보지 않고 달려온 삶에 대한
마음 순례기

공감공락

共感共樂

김춘묵 지음

모아북스
MOABOOKS

목차

4

봄에 침묵할 줄 아는 겸손한 삶을 꿈꾸며

해마다 여름이면 빠지지 않고 들려오는 소식이 있다. 바로 폭우로 인한 수해 소식들이다. 매해마다 수해가 나면 그 지역 공무원들도 바빠지고 사무실도 불만과 도움 요청의 전화들로 들썩들썩한다.

지금이야 관개 시설과 수해 방지 시설들이 많이 생겨서 그런 일들이 많이 줄었지만, 아직도 수해 방지 시설들이 미비한 지방의 경우는 매해 여름 폭우에 대한 근심걱정에 주민들도 공무원들도 주름살이 늘어가게 마련이다.

아주 오래전 수해 복구 현장을 본 적이 있었다. 수마(水魔)가 휩쓸고 지나간 자리는 온통 흙탕물 투성이에 하수 시설이 고장 나서 집 안까지 물 천지에다 제대로 씻고 마실 물조차 구하기 어려웠다. 온갖 세간이 떠내려가고 심할 경우 농사짓던 논밭까지 망가지는 경우도 있었지만, 그럼에도 마을 주민들은 절망만 하고 앉아 있는 대신 서로 힘을 모아 바쁘게 움직이고 있었다. 그 참혹한 풍경과 주민들 얼굴에 드리운 주름살이 마치 내 일인 듯 마음 아프기만 했다.

하지만 시간이 없었다. 하루빨리 정리를 해야 다시 생활을 찾고 일도 할 수 있었다. 그래서 모두들 지난 고통은 묻어둔 채 바쁘게 움직이기 시작했다.

얼마나 지났을까, 드디어 먹구름이 걷히고 햇빛이 나기 시작했다. 평소 같으면 더운 날 햇볕이 반가울 리 없었지만 수해 현장에서는 반가운 소식이 아닐 수 없었다. 우리는 온통 쓰레기로 가득한 바닥을 치우고, 하나둘 젖은 세간을 꺼내서는 햇볕에 말리기 시작했다. 그 모습을 보는데 착잡한 심정과 함께 다행이라는 생각이 들었다.

작년에도, 재작년에도 그들은 수해를 입었고 이렇게 햇살 나기를 기다려 세간을 말렸을 것이다. 그리고 애써 다시 복구해 놓은 세간과 집과 논과 밭을 또다시 물난리가 할퀴고 지나간 것이다.

그럼에도 주민들은 열심히 논의 물을 빼서 살릴 수 있는 벼는 살리고 밭의 작물을 정리하고, 집 안까지 스며든 흙탕

물을 깨끗이 닦아내고 있었다. 정부에서 온 지원대와 자원봉사자들, 주민들 모두가 너나할 것 없이 힘을 합쳐 엉망이 된 수해 현장을 하나씩 정리하는 것을 보면서, 처음으로 인간이 가진 가장 큰 힘인 희망은 그 어떤 수해로도 휩쓸어갈 수 없음을 느낄 수 있었다.

사람은 누구나 자기 인생이 평탄하기 흘러가기를 바란다. 그러나 우리 인생도 계절과 날씨와 다를 것이 없어서 봄과 여름, 가을과 겨울을 겪고 그 와중에 수많은 사건과 계기들로 인해 상승과 추락, 고통과 기쁨, 성공과 실패를 반복한다. 그 와중에서 여러 일들을 겪으며 점차 완전한 인간으로 성숙해가는 것이다.

돌이켜보면 나 역시 50년 가까운 세월을 지내오면서 내 바람과 다른 길을 걷기도 했고, 선택의 순간 앞에 놓인 적도 많았다. 그럴 때면 나는 아주 어린 시절, 내게는 생명을 주셨지만 그로 인해 거의 목숨을 잃으실 뻔했던 어머니를 생각한다.

내 유년 시절 별명은 만물박사였다. 당시 나는 제법 또랑또랑한 아이라 행동도 또래들에 비해 어른스럽고 누가 질문을 던지면 머뭇거림 없이 대답했다고 한다. 게다가 호기심 많고 알고자 하는 욕심이 커서 동네 어르신들이 이를 기특히 여겨 그런 별명을 붙여준 것이 아닐까 싶다. 그런데 이런 별명이 붙은 이유가 그것만은 아니었다.

나는 1959년 12월 11일, 세상에 태어났다. 당시 어머니는 만삭의 몸으로 열대여섯 명의 대가족 살림살이를 꾸려가고 계셨다. 내가 태어난 날은 겨울 날씨임에도 워낙 따뜻해 할아버지 형제분들과 아버님 및 숙부님들 모두가 인근 논으로 미꾸라지를 잡으러 가시고, 할머니와 몇 분만 집에서 저녁 준비를 하시던 중이었다.

그때 어머니에게 산기가 찾아왔다. 부엌에 있던 어머니는 들어가 잠시 쉬고 오겠다고 말씀하시고 방에 들어갔다. 그러다가 문득 요의를 느껴 자리에서 일어나실 때였다. 그때 내가 배에서 빠져나오려고 안간힘을 썼고, 어머니는 갑작스러운 고통에 정신을 놓고 말았다.

내 다급한 성질 때문에 결국 어머니는 나를 낳고 난 뒤 약 6개월간이나 거의 움직이지 못하고 누워 계셔야 했다. 나는 그 6개월 동안 쌀뜨물과 동냥젖을 얻어먹으며 자랐다. 아무것도 모르는 이 불효자는 무럭무럭 컸지만 아버지는 매일 매일이 걱정이셨다. 그러나 다행히도 아버지의 긴 한숨이 담을 넘나들던 그 무렵, 다행히 이웃의 도움과 보살핌 속에서 어머니도 원기를 회복하실 수 있었다.

당시 아버지께서는 나를 볼 때마다 얼마나 원망을 하셨을까? 비록 말씀은 안 하셨지만 '네가 안 태어났다면 이런 일이 없었을 텐데' 하고 나를 미워하셨을 것이 틀림없다. 그걸 생각하면 슬픈 마음이 들다가도 순간 내가 이 세상에 존재하고 있다는 것에 감사할 따름이다.

　그렇게 한숨 속에 봄이 가고 초여름이 다가왔다. 더불어 어머니도 다시 소생하셨다. 그 무렵 지어진 내 춘묵(春默)이라는 이름은, 남들은 봄에 꿈을 꾼다지만 나는 봄에 침묵해야 한다는 의미였다. 즉 크나큰 고생과 역경 속에서 나를 낳으신 두 분은 내 이름에 겸손함을 심어주셨다. 더불어 그렇게 겸손하되 만물이 소생하는 봄을 일평생 누리라는 의미에서 내 별명을 만물박사라고 지어주시지 않았나 싶다.

　언뜻 들으면 그냥 귀여워서 지어준 별명이고, 그에 반해 이름은 너무 겸손하다고 생각할 이도 있을 것이다. 그러나 이 두 상반된 이름과 별명은 어린 시절 내게 많은 영향을 미쳤다.

　춘묵이라는 이름은 아무리 어려운 일도 결국은 다 지나가는 일이며, 그 다음에는 다시 봄처럼 좋은 일이 다가온다는 진리를 보여주는 듯했다. 동시에 가장 좋은 봄날에 자신을 내세우지 않고, 짧은 성공을 자축하지 않고 묵묵히 미래의 겨울을 준비해야 한다는 점도 말하고 있었다.

또한 동네어른들로부터 만물박사라고 불리며 귀여움을 받을 때에는 나 자신이 좀 더 똑똑하고, 그러면서도 따뜻한 사람이 될 수 있다는 자신감이 커졌다. 눈앞에 주어진 일에 최선을 다해 도전하고 항상 그 일이 잘 될 것이라는 주문을 걸었다. 목표와 꿈을 정해 그것을 실현하려 노력하면 할 수 있다는 신념으로 임했다.

나는 지금도 내 부모님이 선물해주신 이 이름과 별명을 곰곰이 생각해보곤 한다. 힘이 들어 주저앉고 싶을 때, 너무 기뻐서 남들에게 자랑하고 싶을 때 나를 균형 있게 잡아준 이 두 이름에 감사한다.

지금도 아버님은 나를 보시면, 지금도 그때 나와 어머님이 잘못될까봐 마음 졸이셨던 일, 내가 자라는 걸 보고 늘 새롭고 기특하다고 생각하셨던 일들을 이야기하며 못내 자랑스러워하신다. 그리고 항상 조용한 말씀으로 내게 좋은 충고를 아끼지 않으신다.

아무리 폭풍이 몰아치는 순간이 닥쳐도, 우리는 언제나 다시 나올 햇빛을 기다린다. 아무리 혹한이 이어져도 곧이어 다가올 봄을 기다린다. 나는 그 진실을 태어나는 순간 배웠고, 그로 인해 희망의 이름을 얻었으며, 아직까지도 그 믿음을 간직하고 살아간다.

이 책은 바로 그 혹한 속에서도 얼지 않고, 폭풍이 와도 젖지 않는 희망에 대한 이야기이다. 또한 그 희망을 쌓아가는 일은 단시간에 이뤄지는 것이 아니라 삶 전체를 통해 쌓아가는 일이며, 어려운 때일수록 그 미래를 위한 희망을 꿈꿔야 한다는 것을 말하고자 한다.

나는 사실상 모험적이고 호걸 같은 삶을 산 사람은 아니다. 그러나 각자의 인생에는 그만이 알 수 있는 진실과 진리가 있다. 나 역시 만물의 순리처럼 오고 가는 기쁨과 고통 속에서 나 자신만의 삶의 방향과 고통을 감내하고 희망을 키우는 법을 배울 수 있었다. 이것은 내 지난 50년의 삶 속에서 건져 올린 바로 그 이야기들이다.

이 책을 쓰는 데 도움을 주신 모든 분들, 그리고 지금도 이제 90살 가까이 되신, 내 가장 든든한 지원군이신 어머니와 아버지, 그리고 형제들과 가족들에게 감사를 드리면서 길고 긴 여행을 시작해볼까 한다.

2009년 12월　김 춘 묵

| 1장 |

고통의 순간은
소나기처럼 지나간다

삶, 그 기준은 무엇인가?

세월이 하수상하다. 최근 주변 친구들 이야기를 들어보면 즐거운 소식보다는 슬픈 소식이 더 많다. 어렸을 때 함께 고향에서 자랐던 친구들 중에는 이제 무덤에서 편히 쉬고 있는 녀석도 있고, 보란 듯이 성공한 녀석도 있다.

이런 소식을 들을 때마다 세월 흐르는 것이 느껴지고, 내 삶에 대해서도 돌이켜보게 된다.

그런데 한 가지 궁금한 건, 성공의 기준이란 과연 뭔가 하는 것이다. 돈 많이 벌었다는 친구는 성공한 거고, 어떤 친구는 돈도 못 벌고 딱히 내놓은 게 없으니 실패한 삶을 살아온 걸까? 그들이 살아온 그 가지각색의 삶의 궤적들을 과연 타인이 왈가왈부할 수 있을까?

나는 공무원이 되기 전 어려운 가정형편 때문에 서울로 올라와 건축회사에서 일을 했다. 정말로 고된 시간이었다. 그때 내

목표는 돈을 많이 벌어서 부모님과 형제들을 돌보는 것이었다. 그러다가 또다시 여러 어려움 끝에 공무원이 되고 나서는 금전적으로도 조금씩 안정을 누리게 되고, 공무원의 본분하에 항상 성실하게 지내려고 노력했다.

그럼에도 나는 이런 것들로 단순히 내 인생을 성공했다거나 실패했다고 평가하고 싶지는 않다. 요즘처럼 돈이 중요한 세상에서 성공했다는 것은 결국 물질적인 것일 수도 있다. 그런 시선으로 본다. 어려운 형편 때문에 공부를 접고 고된 견습 생활을 했던 시절은 내 인생의 실패한 부분이고, 공무원이 돼서 안정적 기반을 가지게 된 것은 성공한 부분이란 말인가?

아마도 아닐 것이다. 지금의 나라는 존재는 지금까지의 모든 어려움과 기쁨의 씨실과 날실이 합쳐져 만들어낸 결과이다.

나는 지금껏 수많은 사람들을 만나오면서, 단순히 먹고 사는 것이 풍족하다고 해서 그 사람을 성공했다고 말할 수는 없다는 것을 깨달았다.

많이 가진 사람들 중에 저급한 마음 자세와 행동을 보이는 사람도 있었고, 비록 많이 가진 게 없어도 존경 받을 만한 면을 많이 가진 이들도 있었다. 어떤 이는 늘 즐거워 보이지만 그 마음 안에는 누구도 모를 슬픔이 숨겨져 있기도 했다.

이제 내 어렸을 때의 성공의 기준, 더 돈 많이 벌고 더 명예로워져야 한다는 기준은 더 이상 유효하지 않다. 친구들이 "아, 그 친구 사업이 정말 잘 돼서 돈방석에 앉았다는군." 부러운 얼굴로 말할 때도, 그렇구나 하고 고개를 끄덕일 뿐이다.

나날이 사는 것이 전쟁이라고 불리는 시대, 경제 불황으로 모두가 불안 속에서 바쁜 삶을 살아가는 시대, 이제는 성공하기 위해 애를 쓰기 이전에 그 진정한 성공의 기준이 뭔가를 먼저 생각해봐야 한다.

즉 모든 이들에게는 나름의 운명이 주어지고 그 운명 속에서 기뻐하고 슬퍼하고, 절망하고 극복하는 시기를 번갈아 오간다는 점에서, 결국 절대적인 성공도, 절대적인 실패도 없는 것이다.

당장의 고난에 함몰되지 말자

고등학교 2학년이 되던 겨울이었다. 청주에서 무쇠 솥 공장을 하시던 큰형님 사업이 부도가 나고 말았다. 그렇지 않아도 빠듯했던 살림에 형님의 사업 실패는 엄청난 사고였다.

온 집안이 초토화되어 초상집 분위기였고 부모님의 고심과 고뇌도 커져만 갔다. 이어지는 한숨 속에서 내린 결론은, 얼마 되지 않지만 자갈논이라도 팔아 우선 급한 불을 끄자는 것이었다.

고개 넘어 소수면 고마리의 부유한 집에서 태어난 어머니는 이 대가족에 맏며느리로 시집을 오신 뒤 고생문을 매일 드나드셨다.

식구 수는 많은데 논밭은 몇 마지기 안 되다 보니, 매일 피죽에 개떡, 보리밥에 칼국수 등으로 연명했다. 그 와중에도 어머니는 무려 9남매를 낳으시고 그 중 세 명의 자식을 가슴에 묻고도 그 슬픔을 이겨내셨다. 더불어 악착같은 생활력으로 먹고 싶은 것 안 먹고, 입고 싶은 옷 안 입고 제법 되는 땅을 마련해 우리를 키우셨다.

바로 그 땅을 형님의 사업 부도를 막기 위해 팔고 돌아오신 날, 어머니는 말씀 없이 저녁도 드시지 않으셨다.

더불어 대학을 가려던 내 계획도 고3을 목전에 두고 좌절되고 말았다. 장학금이라도 받으면 모르겠지만 그러지 못했던 것이 뒤늦은 후회로 돌아왔다. 그렇게 삶의 기로에서 방향을 정해야 하는 절박한 겨울이 시작됐다. 당시 내가 다니던 공고는 3학년 1학기가 되면 진학반과 취업반으로 반이 나누어졌다. 그런데 담임선생님께서 내 의사를 묻지도 않으시고 대학 진학 반으로 편성해 복도에 방을 붙이셨다.

그걸 보자 눈물이 핑 돌았다. 나를 아끼고 믿어주시는 선생님께 대학을 포기하겠다는 말씀을 드려야 한다는 게 창피하고 송구스러워서 선뜻 발걸음이 떨어지지 않았다.

생각 끝에 교무실로 찾아간 나를 선생님께서는 아주 반갑게 맞아주시면서 "너 대학 갈 거지? 당연히 그럴 거라고 생각해서 진학 반으로 해두었다." 라고 말씀하셨다.

기분 좋게 활짝 웃으면서 내 어깨를 토닥거리는데 갑자기 눈물이 쏟아졌다. 내가 서러운 눈물을 그치지 않자 교무실 선생님들 모두가 깜짝 놀라셨다.

이어서 나는 선생님께 사정을 설명드린 뒤, 불가피하게 고등학교도 중퇴하고 돈을 벌겠다고 말씀드렸다. 선생님께서도 안타깝게 머뭇거리시다가 "사정이 절박하구나. 그래도 냉정하게 이성과 시간을 갖고 생각해보고 저녁때 교무실로 오너라. 얘기를 해보자."면서 내 머리를 쓰다듬어 주셨다.

그날 나는 처음으로 세상에 모든 게 싫어지고 넉넉하게 사는 친구들까지 괜히 미워졌다. 종일 안 좋은 생각과 비뚤어진 마음을 다스리는 게 힘겨울 정도였다. 그야말로 세상에 태어나 처음으로 느껴보는 분노와 원망이었다.

수업이 끝나기 전에 그냥 집에 갈까 몇 번이나 가방을 들었다 놓았지만, 선생님의 관심과 사랑을 저버리는 것은 도리가 아니라는 생각에 결국 수업이 다 끝날 무렵 교무실로 갔다. 선생님은 여전히 풀이 죽어 있는 나를 바라보며 단호하게 한 마디를 던지셨다.

"네 심정을 모르는 것은 아니다. 춘묵아. 하지만 한 가지는 잊지 말거라. 너보다 형편이 안 좋은 친구들도 어려움을 이기며 어떻게든 학교를 다니고 있다는 걸 말이다."

그 말을 듣는 순간 정신이 번쩍 들었다. 선생님을 바라보니 선생님도 나를 중퇴하도록 놓아두지 않겠다는 결의를 가지고 계심이 느껴졌다.

그 짧은 순간, 나는 내가 겁을 먹고 있다는 것을 깨달았다. 지금껏 나는 부모님의 지원하에 걱정 없이 학교를 다녔다. 그런데 갑자기 어려운 상황에 처하게 되자 화부터 내고, 겁부터 먹고 있다니 나 스스로가 바보처럼 느껴졌다.

이어서 선생님께서는 1학기만 끝내면 2학기 때에는 실습을 나가 돈을 벌 수 있도록 배려하기로 선생님들끼리 협의했으니 그렇게 알라고 하셨다. 그리고 고개를 푹 숙인 내게 다시 힘을 내라고 말씀하셨다.

등을 두드려 주시는 선생님께 인사도 제대로 못하고 고개를 숙이고 돌아서는데, 바보처럼 또 눈물이 흘렀다. 나는 뒤도 안 돌아보고 문을 닫고 말았다. 그것은 원망의 눈물이 아닌 스스로가 부끄러워 흘리는 눈물이었다.

집으로 돌아와서 저녁도 안 먹고 자리에 누우니 온갖 생각이 떠올랐다.

'지금 포기를 하고 무엇을 할 것인가? 4개월만 다니면 여름방학인데 그때 일을 해볼까?

답 없는 질문에 잠들 줄도 모르고 이불을 뒤집어쓰고 뒤척였다. 그때 어머니가 문득 나를 바라보고는 이렇게 말씀하셨다.

"걱정하지 말고 자거라."

어머니는 평소처럼 묵묵하게 말씀하셨다.

"어떤 일이 있어도 너만은 학교를 마치게 할 거다. 무슨 수를 내서라도 등록금을 마련 할 테니 그리 알고 어서 자거라."

아무 말을 안 했는데도 어머니는 내 마음을 꿰뚫어 보고 계셨다. 나는 소리 죽여 눈물을 흘렸다. 그리고 밤잠을 설치면서 결국 1학기만 더 버텨보자고 결론을 내렸다. 그리고 다음날이 되자 언제 그랬냐는 듯 씩씩하게 아침밥을 먹고 학교를 가서 선생님께 감사의 인사를 드렸다.

내가 정리된 생각을 말씀드리자 선생님도 반가이 맞아주셨다. 그리고 취업반에 편성되면 1학기를 열심히 준비해서 공무원 시험을 보라고 말씀하셨다.

대학 가는 친구보다 사회생활도 일찍 하고 돈도 벌 수 있는데다 정부에서 인정하는 안정된 직장이고, 또 개인이 열심히 하면 진급도 잘 된다고 했다.

지금도 나는 당시 선생님과 어머니의 정신적인 지원이 없었더라면 지금 내 삶이 어떻게 달라졌을까를 생각해보곤 한다. 만일 그때 내가 당장의 고난에 허우적대고, 누구도 그런 나를 붙

잡아주지 않았더라면, 나는 학업을 포기하고 저임금의 힘든 일을 하면서 스무 살을 맞이했을 것이다.

아주 옛날 한 현자가 지혜의 제왕이라 불리던 솔로몬 왕을 찾아 경구 한 자락을 선물해 달라고 부탁했다고 한다. 그러자 솔로몬 대왕은 다음과 같은 글귀를 내렸다.

"이 순간 또한 지나가리라."

고난은 결코 영원하지 않다. 중요한 것은 그 고난을 어떻게 받아들이고 이겨내는가이다. 물론 당시 어머니도 선생님도 결코 나를 중퇴하도록 놔두시지 않았을 것이다.

하지만 그때 겪었던 그 경험은 이후로도 내 삶에 중요한 사실 하나를 가르쳐 주었다. 당장의 고난 앞에 무릎을 꿇으면, 결코 더 나은 미래라는 건 찾아오지 않는다는 점이다. 오히려 그 고난을 직면해서 인정하고 그 안으로 깊숙이 들어가 더 나은 삶을 꿈꾸어야 한다. 그리고 분명 어머니와 선생님께서는 내게 닥친 그 고난도 평생 가는 것이 아니며, 이 시기의 내 선택이 내 미래 바꾸어 놓으리라는 것을 꿰뚫어 보신 것이다.

작은 게으름이 결정적 화를 부른다

예로부터 소는 한 집안의 재산목록 1호였다. 농촌의 부모님들은 이 소를 키워 농사도 짓고 새끼도 팔아서 자식들을 키우고 재산도 불렸다. 소는 성격이 순하고 묵묵하고 성실한 데다 잔병치레도 잦지 않아 정성만 들이면 한 가족처럼 무럭무럭 자라 집안을 일으키는 복덩이가 된다.

그런데 이렇게 덩치 좋고 힘 센 소도 자칫 발을 헛디뎌 왼쪽으로 넘어지면 장정 열 명이 달려들어도 일어나지 못한다. 그렇게 넘어져 뼈라도 다치면 금방 죽어버린다. 그런 면에서 소가 점잖게 터벅터벅 느리게 걷는 것도 이런 위험을 스스로 알기 때문이 아닌가 싶다.

한여름의 폭염이 내리쬐던 어느 날이었다. 휴일이 되어 어머니 아버지뿐만 아니라 나와 형님 등 가족 모두가 이른 새벽에 새참을 준비해 지게에 싣고 집에서 1킬로미터 넘게 떨어진 밭에 풀을 뽑으러 갔다. 그날도 변함없이 소도 몰고 가서 풀 많고 그늘이 있는 곳에 매어두었다.

농사일이라는 게 해 뜨기 전에 부지런히 일해야 능률이 오른다. 특히 여름은 더하다. 그래서 정오 무렵은 너무 더워서 집에서 점심을 먹고 부족한 잠도 채우면서 한낮의 무더위를 피해야 했다. 게다가 그날은 다른 날보다 유독 더웠다.

정오가 돼서 집으로 갈 무렵이 되자 어머니께서 소를 몰고 오라 하셨다. 날씨도 덥고 하니 다른 곳을 찾아서 매주고 다녀오자는 것이다.

그런데 그날따라 날이 더워 몹시 귀찮았다. 그래서 고집을 부려 대강 아무 데나 매어 놓고 집으로 돌아와 점심을 먹고 친구들과 개울에서 놀기 시작했다.

그런데 무언가 기분이 찜찜했다. 물속에서 나오기가 싫었지만 왠지 모를 걱정이 돼서 부랴부랴 밭으로 향했다. 그때 저만치 저수지를 지나 밭 위를 쳐다보니 식구들이 왔다 갔다 아우성을 치는 모습이 눈에 들어왔다. 뭔가 잘못 되었다는 직감에 오싹해지면서 머리칼이 곤두서고 뒷골이 당겨왔다.

먼 거리였는데도 저만치 어머니의 통곡소리가 들려오는 순간, 다리에 힘이 쭉 빠지고 귀에서 윙 하는 전율로 심장이 터질 듯했다.

가보니 다름 아닌 소가 쓰러져 있었다. 사람도 저승으로 갈 때는 거친 숨을 몰아 쉰다는데, 난생 처음 들은 소의 괴로운 숨소리가 지금도 잊혀지지 않는다.

나는 몽롱한 상태에서 어떻게 올라왔는지 생각할 겨를도 없이 괴로워하는 소 앞에 무릎을 꿇고 말았다. 어머니의 손에는 낫 대신 호미가 들려 있었고, 손은 온통 피범벅이었다. 어머니는 대성통곡을 하고 계셨다. 그 큰 소가 넘어져서 숨을 헐떡이며 몸부림을 치며 눈앞에서 죽어가고 있으니, 얼마나 기막히고 기막히셨겠는가.

어머니는 소의 몸을 감은 줄을 끊어 살려야 한다는 일념으로 호미로 고삐를 내리쳤지만 헛손질에 손만 찍으셨다. 한 번 넘어진 소는 살릴 수 없는 걸 살리시겠다고 고생하셨는데 모든 게 허사가 되고 말았다.

모든 게 내 실수였다. 혼나는 것은 나중 문제이고, 아버지 어머니가 오랜 시간 동안 애써 키워 정이 들대로 든 소를 잃었다는 죄책감에 아무 말도 못하고 주저앉아 울었다. 한참을 울다 보니 아버지께서 작은 아버지를 모시고 오라 하셨다.

당시는 짐승의 도살이 법으로 금지되어 있던 시절이었다. 그 때문에 이 어쩔 수 없는 상황을 만회하려면 경찰관 입회하에 소가 다쳐 죽었다는 것을 증명하면 될 것이라 생각하신 것이다. 그것은 죽은 소를 고기로라도 팔아 반값이라도 건져 작은 소를 사시겠다는 생각이었다. 나는 이 엄청난 일 앞에서 냉정한 판단을 하신 아버지의 단호함에 깜짝 놀라지 않을 수 없었다.

곧 작은아버지께서 오셔서 동네 사람들을 모아 놓고 경찰관으로서의 입장을 말씀하셨다. 형님 소가 병에 걸려서가 아니라 불의의 사고로 죽어 팔고자 하니 이의가 있으시면 말씀하시고, 이의가 없으시면 재산을 잃은 슬픔을 참작해 좋은 가격으로 사 주시면 형님의 재기에 큰 도움이 되겠다는 요지였다.

긴 여름해가 질 무렵 사건 수습은 동네 사람들의 적극적인 도움으로 잘 마무리되고, 부모님은 내게 작은 소를 살 수 있게 되었으니 걱정하지 말고 공부나 열심히 하라고 하셨다.

그날 저녁 식구들의 성화에 수저를 들었지만 목이 메여 밥이 넘어가지 않았다. 두 순갈 정도 먹고 밖으로 나와 한참을 혼자 울었다. 소를 내 실수로 저 세상에 보낸 게 미안하고 속상했다.

나중에 부모님께 들은 사건의 진상은 이러했다. 소가 왼쪽으로 넘어지면 못 일어난다는데, 경사지에서 풀을 먹다가 왼쪽 발가락 사이로 고삐가 끼어 발버둥치다가 줄이 감겨 넘어졌다고 한다. 만일 안전한 곳에 소를 두고 고삐 정리만 제대로 해주었다면 절대 일어나지 않았을 사고였다.

동물이 잘 되어야 집안이 일어서고 행운이 따른다는 믿음을 갖고 계셨던 부모님의 가슴에는 깊은 상처가 남았을 것이다. 그럼에도 자식이 충격을 받을까봐 엄청나게 자제하셨던 것이다.

그날 소의 갑작스러운 죽음 이후, 내 잘못으로 소가 죽었다는 생각이 오랫동안 머리를 떠나지 않았다.

그 이후 나는 절대로 게으름 때문에 내 일을 방치하지 않았다. 귀찮아도 그날의 할 일은 마치고서야 잠이 들었고, 준비해야 할 것은 미리 목록을 챙겨 꼼꼼히 정리하는 습관이 생겼다. 그리고 그런 내 미루지 않는 습관은 작고 큰 업무들을 온종일 해야 하는 공무원 생활에도 큰 영향을 미쳤다.

사람은 누구나 마음속에 돌봐야 할 소를 가지고 있다. 그것은 가까운 사람일 수도 있고, 중요한 업무일 수도 있으며, 생활 속에서 어쩔 수 없이 해야 하는 귀찮은 일들일 수도 있다. 복잡하고 피곤해서 그것들을 놓아버리고 싶을 때, 나는 아직도 내 마음 속의 소 울음소리를 듣는다. 그것을 듣고 나면 다리에 힘을 주고 다시 일어서게 된다.

회복할 수 없는 위험을 피해가는 것은 다른 것이 아니다. 오늘 나를 둘러싼 상황들, 내가 해야 할 일들을 귀찮다고 팽개치지 않는 것이다.

내 가슴 속에는 어떤 소가 살고 있는가? 오늘도 그 소를 안전하고 풍요로운 언덕 위의 조용한 그늘 아래 잘 묶어두었는가? 이 한 가지의 질문을 소중히 품고 가다 보면 그 마음의 소와 함께 더 풍요로워지는 나날들을 살아갈 수 있으리라 믿는다.

열정적일 때 우리는 가장 행복하다

지금 내가 공무원으로서 하는 일은 도시 경관과 관련되어 있다. 문학적이고 철학적인 작업이라기보다는 공학적이고 수학적이다. 같은 공무원 일을 해도 서류를 더 많이 만지는 일이 있는데 나는 내가 그쪽 일을 하지 않은 것을 천만다행으로 여긴다.

어릴 때부터 나는 작은 기계나 전자 제품에 관심이 많았다. 그래서 중학교를 졸업하면 공고 기계과나 전자과에 진학해 졸업 뒤 관련 회사에 입사를 할 생각이었다. 그래서 청주에 있는 기계 공고를 목표로 원서를 준비하던 참이었다.

당시 내게 가장 부러운 사람은 전당포 주인이었다. 매년 겨울만 되면 이동 전당포 주인이 우리 마을을 찾아왔다. 밭에 있는 옻나무에서 진을 내서 가지고 가는 옻 장수가 열흘 정도 머물다 가고 나면, 당시에는 귀한 시계와 라디오 같은 것을 수리해 주는 이동 전당포 사장이 머물다 가곤 했다.

이동 전당포 주인이 찾아오면 동네 조무래기들은 신이 나서 어쩔 줄을 몰랐다. 수레 가득 진귀한 라디오와 시계 같은 것이 가득했으니 말이다.

그런데 내가 중학생이던 어느 겨울, 큰 사건 하나가 벌어졌다. 이동 전당포 사장이 우리 집에 머물면서 짐을 풀었는데, 동네 및 인근 마을을 돌면서 수리를 해주겠다고 들고 온 물건을 챙겨서는 한 마디 말도 없이 야반도주를 해버린 것이다.

그 사건으로 온 동네가 발칵 뒤집혔다. 물건 중에 큰마음 먹고 장만한 살림들과 전자 제품들이 끼어 있었던 것이다.

사람들이 우리 집에 몰려들었고, 그간 남에게 죄 한번 짓지 않고 살아오신 부모님은 곤란한 상황에 처하셨다. 전당포 주인의 주소도 이름도 몰랐고 어디로 갔는지도 몰랐다. 인정상 돌봐준 성의를 전당포 주인이 하루아침에 배신한 꼴이었음에도 부모님은 오해 아닌 오해를 받고 한동안 주위와 불편한 관계가 되고 말았다.

참으로 안타까운 일이 아닐 수 없었다. 그럼에도 이것이 내게는 즐거운 선물을 하나 가져다주었다. 너무 급하게 도망가느라 이 전당포 양반이 평소 가지고 다니던 수리 공구 세트를 박스 체 놔두고 가버린 것이었다.

그걸 발견하고 나는 탄성을 질렀다. 그 공구 박스는 제법 괜찮은 것으로, 모든 공구가 작고 앙증맞게 생겼을 뿐 아니라 그 쓰임새도 다양했다. 아버지 어머니야 그것을 쓸 일이 별로 없었지만, 기계 좋아하는 내가 가지고 놀기에는 아주 안성맞춤이었다.

그날부터 나는 그 공구 세트에 매달려 며칠을 가지고 놀았다. 이 공구로 고칠 만한 것은 없나, 가지고 놀 만한 물건은 없나 눈에 불을 켜고 다녔던 것이다. 그러다가 내 눈에 딱 뜨인 것이 하나 있었다. 바로 작은 형이 제일 아끼는 물건 중에 하나인 시계였다. 그 시계는 새로 산 지 얼마 안 된 신제품이었다. 형은 그 물건을 얼마나 아꼈는지, 내가 한번만 차 보자고 말하면 그때서야 선심 쓰듯 허락할 정도였다.

이렇게 형이 애지중지 아끼는 시계를 보는 순간, 무모하고 짓궂은 생각이 불쑥 고개를 내밀었다. 그 시계 속이 너무 궁금했던 것이다. 나는 이미 눈앞에 보이는 게 없었다. 그래서 며칠을 고민한 뒤 결국은 그 위험한 도전을 하기로 마음먹었다. 전당포

장사꾼이 두고 간 공구를 이용해서 그 멋진 시계 속을 들여다보기로 한 것이다.

　나는 며칠 동안 형의 눈치를 살피고, 밤이 되면 형이 잠들기를 기다렸다. 형이 잠자리에 일찍 들면 뚜껑을 열어서 작동 원리와 형태 및 생김새 등을 알아보자고 생각한 것이다. 나는 얼른 확인하고 원래대로 해놓으면 모르겠지 하는 생각으로 시계 공구함과 바닥에 깔 흰 종이를 책상 밑에 숨겨 놓고 때를 기다렸다. 오늘은 일찍 잠들겠지 해도 형이 잠자리에 들지 않는 날에는 어쩔 수 없이 계획을 미뤄야 했다. 그러던 일주일 뒤 드디어 기회가 왔다.

　낮에 힘든 일을 했는지 형은 누가 만질세라 머리맡에 시계를 풀어놓고 깊은 잠에 빠져 들었다. 나는 숨소리를 죽여가며 그 시계를 집어들었다. 그리고 발소리를 죽여 최대한 멀리 떨어진 작은 방으로 들어갔다. 그리고 흰 종이를 넓게 편 다음 자국이나 상처가 나지 않게 조심조심 다루면서 뚜껑을 여는 데 성공했다.

　그리고 그 결과물을 보는 순간, 정말로 황홀했다. 작은 부품들이 꽉 찬 내부는 자세히 들여다보기는 어려웠지만, 아주 세밀한 틈 사이사이로 톱니바퀴끼리 연결되어 돌아가고 있었다. 그

걸 가만히 보고 있자니 신비로운 감정이 들면서 가슴이 콩닥콩 닥할 정도였다.

나는 마음을 졸이면서 여기도 보고 저리도 보고 잔뜩 시계 안에 골몰했다. 그때마다 부품들이 움직이는 소리, 내 옷깃이 서로 스치는 소리가 왜 그렇게 크게 들리는지 온 방을 울리는 듯했다. 나는 형이 그 소리에 깰까 숨조차 제대로 쉬지 못하고 한참 후에야 시계를 원상태로 잘 닫아놓고 형 옆에 누워 잠을 청했다.

그날 밤, 나는 밤새 부품들이 맞물려서 돌아가다가 갑자기 망가지는 꿈을 꾸었다. 그날 잠을 설치다가 늦잠을 자고 눈을 떠보니 옆자리의 형은 시계를 차고 일을 나간 후였다. 나 혼자 속으로 긴 한숨을 쉬면서 다음 단계에 몰입하기 시작했다.

그날부터는 더 대담해져서는 형이 일찍 잠들기만 기다렸다. 어느 날은 "형, 오늘 일 힘들었지? 일찍 주무셔야겠어요."라고 선수를 치기까지 했다.

몇 번인가 더 뚜껑을 여는 데 성공하자 더 과감해졌다. 그런 자신에게 놀라면서도 언젠가는 저 시계를 전부 분해하리라 다짐 했다. 밤늦게 책상 앞에 앉으면 글씨는 눈에 안 들어오고 온통 시계에 대한 환상에 빠져 헤맸다.

그러던 어느 날, 작은 집 제삿날이 다가왔다. 나는 몸이 안 좋다고 핑계를 대고 저녁을 먹는 둥 마는 둥 제사에는 쏙 빠졌다. 그리고 형이 시계를 놓고 가기만을 기다렸다.

　내 예상대로 형은 제사에 참석할 옷을 입으면서 시계는 빼놓고 갔다. 내 비밀스러운 계획은 그렇게 순조롭게 이루어졌다. 다시 시계 뚜껑을 열었을 때, 내 가슴은 뛰고 있었다. 그간 몇 번 열어본 덕에 내용물이 조금은 쉽게 보이는 듯했지만, 작은 기계 속이 왜 이리 복잡한지 헷갈리기만 했다.

　드디어 고대하던 분해가 시작되었다. 나는 흰 종이 위에 다시 조립할 걸 대비해 부품을 순서대로 놓고 신중에 신중을 기해 숨소리까지 줄여가며 분해를 끝냈다. 일이 끝나고 나자 얼마나 긴장했는지 이마에는 식은땀이 흐르고 손바닥도 땀으로 축축해져 있었다.

　내가 이 정도까지 해냈다니 나도 모르게 대견하다는 생각에 긴장이 풀렸던 것 같다. 정신을 가다듬고 다시 순서대로 조립을 하는데 이상하게 부품이 빠졌는지 완전히 조립되지 않는 것이 아닌가.

　마음은 조급한데 맞지는 않고 속이 활활 타기 시작했다. 서둘러 이동 전당포 주인이 놓고 간 박스를 뒤져봐도 마땅한 해결

책이 없었다. 아무리 생각해도 안 될 것 같아 그 자리에 들어갈 만한 형태의 부속을 대강 찾아 넣어 놓고 살짝 제자리에 갖다 놓았다.

이튿날 멀쩡하던 시계가 멈춰버리자 형은 날카로워졌다. 도둑이 제발 저리다고, 나도 모르게 자꾸 신경이 쏠리다보니 묻지도 않은 말까지 했다.

"어제까지 괜찮았는데 시계 밥을 안 줘서 그런 거 아냐?"

내가 묻는데 형이 태엽을 감는다고 살짝 핀을 잡아당기는 순간 그게 쏙 빠지는 것이 아닌가!. 그 어이없는 상황에서 형이 대뜸 "네가 만졌지!" 하면서 내 뒤통수를 쳤다. 아뿔싸! 그때 나도 모르게 "고쳐놓으면 되지." 하고 말하는 바람에 또다시 꿀밤을 먹고 말았다. 형은 일전에 라디오를 만지작거리던 내 모습을 순간적으로 기억해낸 것이다.

결국 나는 눈물이 쏙 빠질 정도로 혼이 났다. 하지만 뜻하지 않게 얻은 좋은 결과도 있었다. 고장이 나버린 시계는 결국 내 수중으로 들어왔다. 이제부터 마음놓고 수리할 수 있다는 안도감과 여유 있는 자신감까지 느껴졌다. 게다가 그렇게 주의했는데 그 작은 부품이 사라질 리 없다는 생각, 그것만 있으면 저 시계를 다시 고쳐놓을 수 있을 것만 같았다.

나는 천천히 준비를 해서 처음부터 다시 시작했다. 우선 흰 천을 깔아 놓고 장비를 하나하나 꺼내기 시작했다. 그런데 바로 그때, 공구 박스 안에 쇠붙이들이 작은 자석에 서로 붙어 있는 것이 눈에 띄었다. 혹시 어제 사용한 공구 중에 그 부품이 붙어 있을 수 있다는 생각이 들어 차근차근 확인을 해보니 그게 드라이버 손잡이 밑에 붙어 있었다.

그 안도의 한숨! 그보다 기쁜 순간이 또 있었을까. 결국 나는 그 부품을 원래대로 끼워 넣었고 다시 시계는 돌아가기 시작했다. 그것을 형에게 돌려주자 형도 놀라는 눈치였다. 물론 멀쩡한 제품을 뜯은 탓에 그 시계는 방수 기능을 잃었고, 결국 얼마 쓰지 못하고 버려야 했지만, 그 궁금했던 시계 뚜껑을 열기 위해 근 몇 주간이나 들뜬 기분으로 지냈던 이때의 기억은 지금도 선명하다.

지금도 나는 무언가에 가장 몰입하고 집중했던 시기를 말해 보라고 하면 이때를 언급한다. 형에게 지청구를 들으면서도 시계를 살펴보기 위해 졸라대고, 우연찮게 얻은 전당포 주인의 공구로 온갖 기계들을 헤집고 놀던 이때야말로, 세속적 이익에서 벗어나 온전한 열정을 가졌던 때라고 말이다.

우리는 살아가면서 꿈꾸었던 진정한 열정을 잃어간다. 그러면서 그것을 어쩔 수 없는 세월의 탓, 먹고사는 문제의 탓으로 돌린다.

그러나 가만히 들여다보면 우리는 또한 마음속에 그때의 열정의 흔적을 고스란히 가지고 있다. 다만 그것을 꺼내서 사용하기가 어려울 뿐이다. 그리고 자신에게 가장 귀하다고 생각되는 열정을 발휘하게 될 날을 반드시 일생에서 다시 만나게 된다. 중요한 것은 그때 그것을 잘 꺼내어 쓸 수 있도록 늘 갈고 닦는 일일 것이다. 무모한 열정의 기억, 나를 가장 행복하게 했던 열정의 순간, 과연 우리는 그것들을 얼마나 소중히 기억하고 살아가는가? 과연 필요할 때 꺼내 쓸 수 있도록 항상 점검하고 지켜가고 있는가?

자신감이 지나치면
오만함의 독풀이 자라난다

중학교 때 나는 선도부였다. 말 그대로 학생들을 규율시키고 정돈하는 역할이었다. 아이들의 자율성을 무시한 군부 시대의 잔재이기는 하나, 그럼에도 당시로서는 선도부가 되는 것만큼 으쓱한 일도 없었다.

당시 나는 선도부부터 모범적으로 지내야 한다는 생각에 교복을 단정하게 챙겨 입고 다녔다. 그런데 한창 크는 나이였던지라 입학할 때 산 교복이 3학년이 되자 영 맞지가 않았다. 새로 사지 않으면 안 될 정도로 몸에 꼭 끼기 시작한 것이다.

하지만 경제적으로 어려운 형편이라 그 비싼 교복을 새로 사기는 어려웠다. 그래서 어머니와 고민하다가 결국 상의는 세탁

소에서 적은 비용으로 고쳐서 입기로 하고, 바지는 큰형님이 입던 일명 검정색 당꼬 바지를 물려 입기로 마음먹었다.

그러나 문제는 모자였다. 딱 맞던 모자까지 3학년이 되자 작아져 버린것이다. 흔히 나이가 들면 "머리가 굵어진다"고 하는데, 덩치가 커지면 정말 머리까지 커진다는 걸 그때 알았다.

결국 세탁소에서 옷 수선을 마친 뒤 모자도 해체해서 머리에 맞게 연결하는 작업을 시작했다. 그런데 뜯어서 넓어진 공간을 이어줄 마땅한 천이 없었다. 그때 눈에 들어온 것이 뜯어낸 모자 창의 고무 재질 안창이었다.

1센티 정도만 자르면 되겠다 싶어 칼로 자르고 보니 모자는 연결되어서 머리에 맞는데, 이제는 짧아진 창이 문제였다. 형태만 갖추면 되겠지 그 상태로 마감을 했는데, 일명 날라리들이 입는 스타일이 되어버린 것이다. 실제로 당시에 '논다'고 하는 친구들은 꽉 끼는 교복에 짧은 모자 창, 흰 바탕에 색선이 들어간 러닝화를 신고 있었다. 그렇게 입고 나니 나 역시 어디 하나 선도부라 할 수 없는 모습이 되어 있었다.

그럼에도 나를 학급의 부반장이자 선도부로서 믿어주시는 담임선생님께서는 내 사정을 아시고는 어쩔 수 없는 문제라고 어깨를 두드려 주셨다.

당시 내 담임선생님이셨던 김호경 선생님은 항상 과감하고 바른 말을 잘하시고 그러다 보니 영향력이 크신 분이었다. 그런 분이 나를 인정해주시니 두려울 것도 없었다. 그런데 그 자신감이 너무 과해지기 시작했다. 심지어 친구들과 싸움을 해도 선생님이 나만큼은 봐주시지 않을까 기고만장했다.

한번은 시험을 보는 날이었다. 첫 시간은 무섭기로 유명한 기술 선생님 과목이었는데, 한 친구가 늦게 등교했다. 그러자 선생님은 반장과 부반장인 나를 심하게 나무라셨다.

그날 나는 너무 화가 나서 수업이 끝나고 그 친구를 심하게 몰아부쳤다. 네가 늦어서 우리가 매를 맞았다고 말이다. 그러자 그날 시험을 제대로 치르지 못한 친구도 화가 나 있던 차에 거칠게 대꾸를 했다. 순간 나는 너무 화가 나서 그 친구가 쓰고 온 대나무 우산을 빼앗아들고 마구 두들겨 주었다. 친구는 크게 화도 안 내고 그냥 내 주먹을 견디기만 했다.

나중에 안 일이지만, 그 친구는 자기가 늦어서 우리가 선생님께 매를 맞았다는 걸 알고 그냥 묵묵히 내 화풀이를 받아준 것이었다. 사실 그 친구에게는 그럴 만한 이유가 있었다. 비오는 날 한손에는 비닐우산을 들고 한손으로는 자전거를 타고 등교를 하다가 체인이 자꾸 벗겨져서 끌고 오느라고 늦은 것이다.

그런데 나는 그것도 모르고 그 친구에게 주먹까지 써버렸으니, 순간적인 감정을 다스리지 못한 스스로가 원망스럽기만 했다.

순간 머리속에 든 생각은 내가 너무 오만했다는 후회였다. 그간 선도부 일을 한다고 잔뜩 어깨에 힘이 들어간 데다 존경하는 담임선생님까지 나를 인정해주시니 이 정도는 괜찮겠지 하는 생각이 내 마음 속 어딘가에 숨어 있었던 것이다.

결과는 뻔했다. 담임선생님은 평소의 곧은 성격대로 나를 용서해주지 않으셨다. 나는 선생님께 눈물이 찔끔 날 정도로 냉정한 충고를 들었다. 아무리 선도부라고 해도 이런 식이라면 필요 없다고 말씀하셨다. 교무실을 나오면서 괜스레 코끝이 찡했다.

게다가 이 사실을 아시게 된 후, 평소 나를 예뻐해 주시던 다른 여러 선생님들께서도 나만 보면 교무실로 오라고 말씀하셨다. 교무실에 들어가면 잘못을 지적하는 꾸중, 그러면서도 내가 무엇을 잘못했고 앞으로 무엇을 조심해야 하는지 진심 어린 충고 또한 잊지 않으셨다.

나는 아직도 이 사건 때 담임선생님과 다른 선생님들께서 나를 나무라주신 것이 한없이 감사하기만 하다. 만일 그때 무사히 넘어갔다면 나는 더 기고만장해져 무슨 일을 저질렀을지 모른다. 순수하고 단순한 어린아이의 마음으로 벌인 짓이기는 하지만 오만함이란 독풀과 같아 소홀히 하는 순간 금방 자라나 한 사람의 인성을 망쳐버리게 된다.

나는 아직도 그때의 따끔한 충고, 더불어 나를 걱정해주시던 선생님들의 진심 어린 목소리를 잊지 않고 있다.

| 2장 |

마음의 밭은
나눌수록 풍성해 진다

밭 한 귀퉁이를 내주는 것에 대하여

이 밭이 동네 분들 중에 누구네 밭이고, 우리가 슬쩍 한 과일들이 그 댁 살림에 얼마나 해가 될지 대강은 알면서도 재미로 서리를 하던 적이 있다. 그 철부지 행동을 되새겨보면 당시 우리들 때문에 밤잠도 못 주무셨을 주인 분들께 죄송스러운 마음이 든다.

큰 장마나 소나기가 내리는 무렵이 되면 수박 맛이 한없이 달아진다. 이 시기에 수박 밭에는 재앙이 든다. 바로 서리를 하려는 동네 아이들 때문이다.

당시 나는 한동네에서 열 명이 넘는 친구들과 같이 자랐다. 우리는 어릴 때부터 잘도 뭉치고 단합도 잘 돼서 동네에서 온갖 장난은 다 치고 다니면서 어른들에게 흠씬 혼도 많이 나곤 했다.

그날도 장마가 거의 끝날 무렵, 저녁을 일찍 먹은 여덟명의 친구들이 미리 약속한 다리 위에 모였다. 장마가 지나간 자리에는 나무 뿌리가 알몸을 내놓고 달빛을 맞이하고 있었다.

오늘의 약속은 근처에 자리 잡은 동네에서 수박 서리를 하자는 것이었다. 가는 길은 비포장 차도를 이용해야 해서 가끔 차 불빛이나 구름 사이로 달빛이 나오면 잽싸게 미루나무 가로수 뒤로 몸을 숨겼다. 혹시 누가 들을지 모른다는 생각에 조용조용 작전과 토론을 하며 수박밭으로 향했다.

우리는 가는 동안 나눈 이야기는 이랬다. 줄을 만들어 엎드려서 밭으로 기어가 맨 앞 사람이 수박을 따면 그것을 릴레이식으로 전달한다, 한 사람당 한 통씩 따다, 제일 선두는 밭고랑 끝에까지 가서 수박을 뒤로 전달하되 빠르고 신속하게 한다, 익었는지 확인한다고 두드리면 소리가 나서 들킬 염려가 있으니 큰 것만 골라서 따라.

장마 끝물이라 그런지 원두막에 불빛이나 인기척은 없었지만 간혹 멀리서 개 짖는 소리가 들렸다. 누가 먼저 하라고 지명한 것도 아닌데, 도착하자마자 차례대로 밭고랑에 엎드려 낮은 포복을 하고 행동을 개시했다. 그렇게 한참을 정신없이 전달하다 보니 각자 두 통씩 따는 데 성공했다. 그렇게 거사를 끝내고 일어서려는데, 순간 조용하던 원두막에서 인기척이 들이는 것이 아닌가.

들키면 큰일이었다. 하지만 이것을 놔두고 가자니 아까웠다. 결국 우리는 주인이 깊은 잠에 들었다고 생각될 때까지 기다리기로 했다.

온 몸에 흙 범벅을 한 데다 무거운 수박까지 양쪽에 들다 보니 팔이 아팠다. 밭과의 거리가 멀어지기 시작할 무렵, 누군가 무게를 견디지 못하고 한 통을 떨어뜨렸다. 우리는 우르르 달려들어 깨진 수박을 나눠 먹었다. 또 얼마 못가서 또 떨어지면 또 나눠 먹었다. 그렇게 먹다 보니 금방 배가 불렀다.

결국 긴 거리를 걸어 처음 만난 다리에 도착했을 때 우리 수중에 남아 있는 수박은 서너 통이 고작이었다. 늦은 시간이지만 동네 형들이 놀고 있기에 우리의 서리가 성공했다고 자랑스럽게 얘기하면서 형들과 수박을 나눠 먹었다. 한여름 밤의 수박이 왜 그렇게 달고 맛이 있었는지, 아직도 그 맛을 잊을 수 없다. 또 한 번은 가을이었다. 늦은 가을 추수가 시작된 황금 들녘에서 산 쪽을 바라보니 붉게 물든 단풍 사이로 새로 자라는 나무들이 많았다. 열매가 주렁주렁 매달린 나무는 가지가 찢어질 듯 힘겹게 서 있었지만, 잎이 떨어지고 난 후라 햇빛을 제대로 받은 열

매들이 아름답고 탐스럽게 익어가고 있었다.

　가까운 밭에 있는 나무에서 홍시로 변해가는 감을 따 먹으니 그 맛이 정말로 기막혔다. 저녁이 되자 우리는 모여서 낮에 먹은 감 맛을 이야기했다. 당장 가자는 의견과 생각을 해보자는 의견이 분분했다. 그러다가 감이 다 익으려면 한 주 정도 더 지나야 하니 별도로 날을 정해서 하자는 결론이 났다.

　하지만 감 서리는 워낙 낯설어 준비가 소홀했다. 달 없는 그믐날에 우리는 저수지와 논두렁을 더듬어 조심조심 감나무 밭에 도달하였다. 무서울 정도로 캄캄한 밤이라 우리 발자국 소리와 수풀 헤치는 소리에 놀라 엎드리기를 몇 번이나 했다. 그런 뒤 낮에 봐두었던 제일 크고 쉬운 나무를 집중적으로 공략하기로 하고 사전 사항을 결정했다. 나무에 올라가면 나무가 약해 가지가 찢어지니 절대 올라가지 말기로 했다. 과일 나무 중에서도 가지가 제일 약한 나무가 감나무였기 때문이다.

　결국 우리는 나무를 뺑 둘러서서 가지를 살살 흔들면서 감을 땄다. 한참을 따다 보니 준비한 작은 봉지가 넘쳐 더 이상 담을 그릇이 없었다. 그냥 가자는 속삭임에 한 친구가 윗 추리닝을 벗더니 양팔 끝을 묶었다. 그 기발한 생각에 낮은 환호성을 지르면서 부지런히 따고 있는데 갑자기 지척에서 인기척이 들려왔다. 그것도 건장하고 굵은 목소리의 남자들이!

순간 우리는 얼음 동상이 되어 숨소리조차 없이 바닥에 납작 앉아서 잠시 동태를 살피며 기다렸다. 그런데 우리가 조용하면 저쪽에서도 아무 소리 안 들리고, 우리가 움직이면 또 들리는 게 아닌가. 불빛이나 개 짖는 소리도 없는 게 이상했지만 우리는 주인이 잠복을 하고 있다고 결론을 내리고, 조심조심 나가서 한두 명씩 이동해 저수지 제방에서 만나기로 하였다.

한참을 기다리다 몇몇의 친구들이 평지에 내려와서 달리기 시작하였다. 그런데 이게 웬일인가? 저쪽에서 누군가 우리 뒤를 따라왔다. 들고 있던 봉지가 찢어져 감이 떨어지고 추리닝 소매 안의 감은 다 뭉개져 범벅이 되어 말이 아니었다. 감 물이 들으면 그 옷은 버려야 한다는데 걱정이 태산이었다. 홍시는 먹고 덜 익은 것만 넣어 올 것 후회가 들었다.

그런데 또 이게 웬일인가. 자세히 들으니 어디서 많이 들어본 목소리였다. 바로 동네 형들이었던 것이다. 형들도 감 서리를 하러 온 것이다. 우리는 안심도 되고 장난기가 발동해서 이번에는 이쪽에서 놀려주기로 하고 갑자기 "누구냐!" 하고 소리쳤다. 그러자 형들이 놀라서 내달리기 시작했다.

그때 우리가 "형, 우리야!" 하고 말하자 그들은 돌아왔고, 우리는 그곳을 빠져나와 한바탕 웃음을 터뜨렸다. 들어보니 형들도 우리가 주인인 줄 알고 몰래 도망치던 중이었다.

지금 돌이켜 보면 무엇보다 바꿀 수 없는 소중하고 즐거운 추억이지만, 밤새 우리가 휩쓸고 간 망가진 밭을 보고 한숨 쉬었을 과일 나무 주인 분들을 생각하면 한없이 미안한 마음뿐이다. 그러나 변명 하나를 하자면 이 시절에 서리 한 번 하지 않고 자란 사람이 어디 있겠는가.

미안하긴 하지만, 다들 그것이 범죄라거나 아주 잘못된 일이라고 생각지 않았던 것은 서리가 전통이라는 생각, 더 나아가 자기가 키운 수확물 일부를 잃고도 그것을 죄라고 여기며 추궁하지 않았던 주인들의 넉넉한 마음 덕이 아니었을까 싶다.

요즘처럼 빡빡한 세상에서 서리라는 개념도 사라졌을 뿐더러, 더는 몰래 따 먹을 수 있는 과수원도 없어졌지만, 그럼에도 우리는 알게 모르게 서로에게 빚을 지고 서로의 마음 밭과 작은 수확물들을 나누고 살아간다. 어쩌면 현대판 서리란 가슴 떨리는 스릴도 우당탕 호들갑스러운 행동 개시는 없지만 일상 속에서 서로의 마음 밭을 건너다보며 때로는 상대가 내 것을 조금 취한다 해도 화내지 않고 넉넉히 바라봐주는 일인지도 모르겠다.

가난은 부끄러운 것이 아니라
불편한 것이다

지금이야 경운기나 트랙터, 포크레인 같은 장비들도 많고, 그 외에도 탈곡기와 모심는 기계 등 많은 농사 장비들이 나와서, 때때로 농사짓는 분들 중에 부농이라고 부를 만한 사람들도 적지 않다.

하지만 내 아버지 어머니 세대 때만 해도 농사를 짓는 것은 말 그대로 입에 풀칠하는 일과 크게 다르지 않았다. 그나마 쟁기가 있고 소가 있는 집은 그래도 먹고 사는 집이라고 남의 부러움을 받는 시절이었다.

당시에는 어린아이들도 일을 했다. 어른만큼은 아니라도 소소하게 자주 손이 가는 게 농사일인지라, 휴일이나 방학 때가 되면 부모님과 같이 밭에 나가 밭도 돌보고 모종도 심고, 풀도

뽑았다.

특히 밭고랑에 앉아서 풀 뽑는 일은 고되기 그지없었다. 풀 뽑는 시기가 하필이면 찌는 듯 더워지기 시작할 무렵이기 때문이다. 종종 반대쪽 끝 고랑을 보면 어느 것이 곡식이고 풀인지 구분 안 갈 정도로 무성했다. 간신히 뿌린 거름마저 잡초들이 포식을 하다 보니 항상 곡식들은 키가 작고 약할 수밖에 없었다. 이렇게 방치하다 보면 1년 농사를 망치게 되니, 아무리 더워도 전 가족이 밭에 나가 한 고랑씩 맡아 풀을 뽑아야 했다.

하지만 뽑고 뒤를 돌아보면, 속이 후련할 정도로 깨끗해진 이랑들을 보면서 기분도 좋아지고 곡식들이 고맙다고 인사를 하는 느낌까지 받곤 했다. 그러나 이렇게 기분 좋은 밭매기도 하고 싶지 않을 때가 있었다. 사춘기가 들어서부터 더 심해졌다. 이유는 별 게 아니었다.

맨손으로 거친 풀을 뽑다 보면 손에 상처와 파란물이 들어 아무리 씻어도 잘 지워지지 않았기 때문이다. 방학 때면 크게 상관없었지만, 학교를 가야 하는 주말는 저녁 내내 수돗가에 앉아 손 닦기에 몰두하곤 했다. 누군가 내 손을 보고 내가 밭을 매고 왔다는 걸 알게 될까봐 무섭고 부끄러웠던 것이다.

그 무렵부터 나는 밭을 매고 난 다음날에는 온종일 손을 호주머니에 넣는 버릇이 생겼다. 연필을 쥘 때도 손가락을 동그랗게 말아서 쥐고, 가끔은 호주머니에서 손 안 뺀다고 선생님들께 지적을 받기도 했다.

지금도 나는 때때로 초조해지거나 아무 생각 없이 길을 걸을 때면 나도 모르게 호주머니로 손이 가는 것을 느끼곤 한다.

그래도 나는 나은 편이었다. 사춘기 시절이었던 중학교 3학년 때 일이다. 당시 우리 반뿐만 아니라 각각의 반들에는 집안 형편이 너무 어려워 점심 도시락을 못 싸오는 아이들이 적지 않았다. 나는 내 손의 풀물을 가난해 보일까봐 걱정할 때 그 아이들은 점심밥을 굶고 있었다. 그럼에도 누구나 자기 상황이 제일 힘들고 슬퍼 보인다고, 당시 나는 그게 그리 심각하고 슬픈 일이라는 건 생각지 못했다.

그러던 차, 어느 날 점심시간에 1학년 때 담임이셨던 여 선생님께서 나를 부르셨다. 앞서 말했듯이 나는 선도부였고, 그래서 뭔가 규율을 잡을 일이 있어서 나를 부르시나 생각하면서 갔다. 그런데 선생님께서 나를 부르신 이유는 전혀 예상 밖의 것이었다.

선생님께서는 도시락을 책상에 올려놓으시긴 했는데 식사도 안 하시고 걱정과 근심 어린 눈으로 나에게 말을 건네셨다.

담임을 맡고 계신 1학년에 도시락이 없어서 점심 못 먹는 학생이 많은 것 같은데 그 아이들이 생각나서 밥을 못 드시겠다는 것이다. 선생님 생각에는 같은 반 친구들이 어려움을 함께 나눠주었으면 하지만, 선생님이 직접 말 꺼내기가 어렵다고 하셨다.

그리고는 당신 도시락을 우리에게 건네며 일단 나부터 할 테니 반 학생들에게 이야기를 좀 해달라고 하셨다.

그 말씀을 듣고 도시락을 들고 밖으로 나왔다. 곧 선도부들이 모여 머리를 짰다.

우선 친구 셋이 해당 교실 문을 열고 들어갔다. 선도부 하면 악명이 높았던 차에 선도부가 셋이나 들어서니 밥을 먹던 아이들의 얼굴에는 불안과 초조 및 긴장이 가득했다.

생각해보면 고만고만한 까까머리 형들이 그랬다는 게 우습지만, 그간 규율을 잡는다고 교칙 전달을 꽝꽝 해댔으니 당연한 일이었다. 반에 들어가서 보니 약 대여섯 개의 자리가 비어 있었다. 점심을 못 싸와서 밖에서 서성대며 수돗물을 마시고 있는 아이들 자리가 틀림없었다.

일단 우리는 반장과 부반장을 불러서 친구들의 행방과 사정을 알고 있느냐고 물었다. 그러자 두 아이는 그때서야 무슨 문제로 우리가 찾아왔는지를 알아챈 듯했다. 하지만 반장과 부반장은 역시 그 아이들이 어디에 있는지 모르는 듯했다. 곧이어 우리가 말했다.

"자, 지금부터 각 분단장이 밖에 나가 있는 친구들을 모두 찾아온다. 그리고 모든 친구들은 밥이 든 도시락을 거꾸로 해서 뚜껑에 밥을 쏟는다, 실시!"

그렇게 해서 반장과 부반장이 빈 도시락을 찾아서 들고, 각각 한 줄에서 십시일반해서 도시락 몇 개를 뚝딱 만들어냈다.

얼마 후 밥을 못 먹고 나갔던 1학년 아이들이 돌아왔다. 그리고 갑자기 만들어진 도시락을 보더니 어리둥절하고 얼굴이 붉어지기 시작했다. 그 얼굴들을 보자 갑자기 울컥하면서 뭐라고 말은 해야 하는데 딱히 떠오르는 말이 없었다. 그래서 할머니가 하시던 말을 그대로 했다.

"야, 가난한 건 창피한 거 아니래. 불편한 거라잖아."

"먹던 밥의 쌀 한 톨이라도 남기지 마라."

그 말을 들은 아이들은 처음에는 어쩔 줄 몰라 했지만 이내 자리에 앉아서 친구들과 같이 밥을 먹기 시작했다. 그제야 반 아이들도 자기들이 방금 한 행동의 가치를 알기 시작한 눈빛이었다.

결국 이 십시일반 릴레이는 나중에 전교로 퍼져 배고픔에 동참하는 하나의 행사로 발전했다. 그 이후로 우리 학교는 이 지역 모든 학교를 불문하고 점심시간에 운동장이나 수돗가에서 배회하는 아이들이 없는 거의 유일한 학교가 되었다.

요즘은 가난이 죄라고 한다. 돈이면 안 되는 게 없다고 하니 가난한 사람들은 자신이 큰 죄를 지어 이렇게 가난한가 한탄하기도 한다. 물론 내가 자랄 때도 부자는 부자, 가난한 사람은 가난했다. 하지만 그 가난이 한 개인이 그렇게 느낄 것일지언정 그것을 질타하거나 했던 시선은 없었던 것 같다.

세상은 늘 변한다고 하지만 가난이 부끄럽지 않을 수 있었던, 아니 부끄러워도 그것이 죄의식은 아니었던 이 시절의 추억이 그립다. 밥 못 먹는 아이들을 보고 자기 도시락을 선뜻 내주던 그 선생님 같은 이들을 다시 한 번 만나고 싶다.

함께 기뻐할 때 기쁨도 두 배가 된다

우리는 이른바 라디오 세대이다. 전기가 집집마다 들어오면서 유흥 문화도 조금씩 바뀌었다. 가족끼리 소중하게 작은 라디오를 사서는 그걸 통해 뉴스도 듣고 드라마도 듣곤 했는데, 전깃줄에 연결된 스피커를 통해 흘러나오는 뉴스나 노래 등이 왜 그리 신기하고 재미있었는지 모르겠다.

이른바 권투나 레슬링 같은 스포츠 중계는 더했다. 긴박한 아나운서의 목소리에 온 식구가 매료되어서는 벽에 걸린 스피커에 바싹 다가가 앉으려고 서로 엉덩이를 밀치던 기억이 나서 지금도 혼자 웃곤 한다.

또한 그 무렵 흑백 텔레비전이라는 굉장한 물건도 보급되었다. 특히 학교 옆에 살던 두호라는 친구네는 가정 사정이 바교

적 괜찮아서 이 흑백 텔레비전을 구입했었다. 두호네는 당시 텔레비전이라는 가구 아닌 가구를 갖춘 시내의 몇 안 되는 가정 중에 하나였다.

나는 스포츠 중계가 있는 날이면 안달을 내며 수업이 빨리 끝나기만을 기다렸다. 시간은 왜 그리 안 가고 지루한지 시계를 돌려놓고 싶은 심정이었다. 그날 두호네로 가기로 한 다른 아이들도 마찬가지였다.

그곳에 갈 수 있는 건 두호와 친한 아이들뿐이었는데 다른 친구들에게 서운함을 주지 않으려고 마음 맞는 친구 몇몇이 조용히 약속을 하곤 했다. 마치 대단한 비밀 모의라도 하듯이 말이다. 그리고 수업이 끝나면 재빨리 달려가서 급박한 긴장감과 쾌감, 실망 등을 늦은 시간까지 서로 나누며 바닥을 뒹굴었다.

사실 우리 동네는 전기가 늦게 들어오다 보니 가전 제품 등 모든 문화생활이 타 지역보다 한참 늦었다. 이 무렵 우리 옆집도 대전에 있는 자식들이 흑백 텔레비전을 부모님께 선물했다.

그런데 예상치 못한 문제가 생겼다. 사면이 산으로 둘러싸인 난청 지역이다 보니 안테나를 평지에 설치해도 공중파가 잡히지 않았다. 알다시피 텔레비전은 안테나가 설치되지 않으면 있으나 마나한 장식품에 불과한 가구가 아닌가.

그때 내게 막중하면서도 신나는 임무가 맡겨졌다. 이웃 어르신들이 평소 기계를 잘 다루던 내게 그 안테나를 연결해 주면 언제든지 텔레비전을 보도록 해 주겠다고 하신 것이다. 마다할 내가 아니었다.

매일 텔레비전을 볼 수 있다고 생각하니 신이 날 뿐이었다. 앞뒤 따지지 않고 선뜻 그러겠다고 답했다. 그리고 텔레비전 안테나와 옥외 설치용 안테나를 연결하고 옥외용 안테나를 이리저리 이동해 보았다. 하지만 역시 소용없었다. 아무리 요리조리 움직여도 전파는 잡히지 않고 먹통처럼 시커먼 화면과 잡음만 낼 뿐이었다.

내 짧은 지식을 동원해 볼 때 방법은 하나였다. 안테나를 뒷산 정상에 설치하는 것이었다. 나는 곧바로 행동에 들어갔다.

그날 이웃 분들께 토요일에 연결해 드릴 것이니 읍내에 가서 연결선 200미터와 검정 테이프를 사다 달라고 했다. 그러면 안테나를 책임지고 설치하여 주겠다고 말했다.

당시만 해도 딱히 믿을 만한 기술자도 없고 설령 기술자를 불러도 만만치 않은 출장비를 지불해야 했기 때문에 결국 이웃 어르신들도 돌팔이 기술자인 나를 믿어보시기로 한 것이다.

기다리던 토요일이 다가왔다. 나는 일찍 집으로 돌아와 안테나와 조립 장비를 어깨에 메고 산 위에 올랐다. 그리고 산 아래부터는 친구와 아래윗집 동생들 열댓 명을 십 여 미터 간격으로 세워놓고 줄을 풀며 올라갔다. 산 정상에서는 산 밑의 상황을 알 수 없어 상황을 어떻게 전달할까 생각하다 보니 그 방법이 제일 나을 것 같아서였다.

나는 산꼭대기에 오르자마자 열심히 안테나를 조립하고 선을 연결했다. 그런 뒤 내 바로 아래 친구에게 화면이 나오는지 물어보라고 전달했다. 그러면 모두들 줄을 선 순서대로 곧바로 아래 쪽에 소리쳐 방 안의 화면 상태를 물어본 뒤, 다시 그 대답이 거꾸로 올라왔다.

나는 이 더디고 더딘 방법으로 이웃 분께 화면이 몇 개가 나오는지 채널을 돌려보라는 주문을 전달했다. 역시 초짜에게는 쉬운 일이 아니었다. 아무리 돌려봐도 소득이 없었던 것이다.

그런데 얼마나 지났을까. 다시 선을 움직이고 전달을 했는데, 화면이 많이 떨리긴 하지만 사람이나 물체의 구분이 보이기 시작한다는 소식이 전해져왔다. 다만 아직도 화면이 지직거린다고 했다. 정상 전체를 돌아다녀봤지만 결과는 마찬가지였다. 혼자 왜 안 잡히지 하면서 이런 저런 생각을 하다가, 순간 머리를 스치는 것이 있었다. 전파가 물체에 부딪치면 일부는 흡수되고 일부는 반사된다는 것을 들은 기억이 난 것이다.

나는 나무 사이로 무거운 안테나를 들고 반대편 산 밑으로 10미터를 내려갔다. 그때였다. 저 아래로부터 갑자기 "나온다!!" 하는 환호성이 들렸다. 얼마나 기다리고 기다렸던 소식인가?

드디어 해냈다는 자부심이 들면서 나는 마냥 즐거운 마음으로 최고 지점을 찾아 고정을 시킨 후 방향을 잡기 시작했다. 그러자 결국 3개 방송 모두가 잘 나온다는 말이 전달되었다.

산 아래로 내려가자 방 안 가득히 모인 사람들이 나를 반갑게 맞이하면서 칭찬을 건넸다.

"어, 우리 춘묵이 솜씨가 제법이구나!"

"이제 춘묵이는 이 텔레비전 단골손님 되는 거다."

사실 그 성공은 나만의 공로는 아니었다. 모두가 힘을 모아서 이리저리 재가면서 힘들게 이룬 결과였다. 게다가 그 덕에 동네 사람들 모두 텔레비전을 즐길 수 있게 되었으니 그보다 즐겁고 기쁜 일이 없었다. 만일 기술자가 출장비를 받고 와서 뚝딱 설치해주었더라면 결코 맛볼 수 없는 기쁨이었을 것이다.

그날 이후로 온 국민의 심금을 울렸던 연속극 〈여로〉와 〈전설의 고향〉, 홍수환의 권투 경기, 김일의 레슬링 경기 등이 방영되는 날이면, 그 좁은 마당이 온통 동네 사람들로 북적댔다. 다들 저녁을 일찍 먹고 텔레비전 앞에 모여서 슬픈 장면에서는 같이 울고, 안타까운 장면에서는 같이 탄식했다.

그때 이후 내게는 항상 한 가지 임무가 주어졌다. 먼 거리에 설치된 선이 끊어지거나 텔레비전이 안 나올 경우에는 다들 나를 부르기 시작한 것이다. 그렇게 나는 텔레비전 고장을 수리해주는 가짜 전파사가 되었다. 물론 그 일을 아주 열심히 했고, 어딜 가나 내 성공을 함께 기뻐해주는 이들을 만났고, 그것이 내게 자신감과 더 큰 기쁨을 선사해주었다.

재밌는 건 내가 안테나를 고정시킨 바로 그 곳에 지금은 이동통신사 기지국이 설치되었다는 것이다.

한 사람을 인간으로서 연민한다는 것

인간은 누구나 자연에서 태어나지만 사실상 어떤 한 사람을 온전한 한 사람으로 바라보기는 어려운 게 세상살이다. 태어날 때는 누구나 똑같은 인간이지만, 사회라는 구조 속으로 들어가게 되면 각자의 처지에 맞는 신분의 옷을 입게 되기 때문이다. 또한 요즘처럼 돈이 최고인 세상에서는 물질이 한 사람의 가치를 결정짓는 기준이 되기도 한다. 그런 모습들을 보면 이해가 가면서도 안타까울 때가 있다. 그러면서 저 기억 너머로 아련한 모습 하나가 떠오른다.

사실 우리가 아이였던 시절만큼 연공서열에 민감했던 때가 없을 것이다. 당시 군부독재 하에서는 규율이 가장 중요한 원칙으로 통용되었고, 그 규율이 가장 활성화되어 있던 공간 중에 하나가 바로 학교였다. 사회 전체가 이처럼 규율이 엄하다 보니, 당시에는 지금과는 다소 다르게 엄격한 선생님들이 인기가 많았다. 근엄하고 강한 듯한 모습이 영웅화되던 시절이었기 때문이다.

당시 나는 초등학생이었는데, 우리 학교에도 인기 많은 이른바 호랑이 선생님이 몇 분 계셨다. 그중에서도 생생하게 기억나는 한 총각 선생님, 우리 핸드볼을 지휘하시던 선생님이 계셨다. 그분은 남성적이고 때로는 거친 운동을 지휘하시다 보니 때때로 호된 교육과 얼차려를 주시곤 했지만 학생들을 대하는 진정성만큼은 누구 못잖은 분이었다. 선생님과 같이 운동을 하다 보면 자연스럽게 투지가 솟고 마음껏 몸 안의 열기를 발산할 수 있었다.

게다가 그 선생님이 인기가 많았던 것은 외모도 한몫을 했다. 그리 크지 않은 키지만 운동으로 다져진 매우 단단한 근육을 가지고 있었기 때문이다. 아직 한창 자랄 나이의 우리들은 선생님을 보며 선망을 키웠던 탓에 선생님이 나타나시면 무섭기도 하고 동경하기도 하는 눈빛으로 바라보곤 했다.

그런데 그 선생님에 대한 잊을 수 없는 기억이 하나 남아 있다. 중학교 3학년 봄날 토요일 학교를 마치고 집에서 소에게 풀을 먹이려고, 한손에는 고삐를 다른 한손에는 무협지를 들고 논두렁을 걷고 있을 때였다.

저 멀리서 누군가 군복을 입은 키 작은 군인이 걸어오고 있는 게 아닌가. 당연히 동네 형이겠지 인사를 하면서 명찰을 힐끗 보았다. 그런데 그 사람은 다름 아닌 하사 계급장을 달고 마을을 찾으신, 바로 그 핸드볼 선생님이었다. 나는 너무 반가워 그 뒤에다 대고 나도 모르게 "선생님!" 하고 불렀다. 그러자 선생님이 돌아보시면서 "누구지? 기억날 것도 같은데?" 하며 웃으셨다. 선생님은 더 이상 나를 알아보지 못하셨다. 그도 그럴 것이 나는 초등학교 때보다 키가 무려 19센티미터나 커 있었다. 그리고 그렇게 크고 보니 선생님보다도 훨씬 컸다.

"선생님, 저 김춘묵이에요. 핸드볼 배웠던."

내가 웃으면서 말하자 선생님은 깜짝 놀라시며 반갑게 악수를 청하셨다.

"와, 네가 너무 많이 커서 몰라봤구나. 미안하다."

우리는 논두렁 한가운데에서 서로 마주 보고 웃기만 했다. 나는 선생님이 군대를 제대하시고 다른 학교로 전출을 가셨다는 후문을 들었기 때문에, 이 자리에서 군인이 된 선생님을 만날 것이라고는 상상도 못했던 것이다.

그때까지만 해도 나는 아무 생각이 없었다. 그저 반갑고 신기한 일이라 선생님을 물끄러미 바라보기만 했다. 얼굴이 조금 변하셨구나, 조금 피곤해 보이시는구나, 그때는 그렇게 커 보였는데 지금 보니 나보다 키가 작으시구나, 하는 별 것 아닌 생각에 빠져 있었다.

그런데 선생님은 어딘가 불편해 보이셨다. 키가 훌쩍 커 버린 제자를 오랜만에 만나서 그런 것인지, 내가 모르는 지난 3년의 과거 생각에 불편해지신 것인지 알 수 없었다. 그러나 그 어린 나이에도 하나는 분명히 느낄 수 있었다. 선생님께서 매우 불안하고 초조해 하고 계시다는 걸 말이다. 나는 얼른 화두를 바꾸었다.

"선생님, 동네는 어쩐 일이세요?"

"응, 친척 분이 살고 계셔서 인사를 드리고 가는 길이다. 가끔씩 오는데 모레에 귀대를 해야 해서 일찍 가는 중이야. 그리고 이제 네 모습이 더 확실히 기억나는구나, 춘묵이 너는 운동할 때 정신으로 공부를 해도 지금보다도 더 잘할 수 있을 거야. 공부 열심히 해라."

잠시 후 아쉬운 악수를 하고 우리는 헤어졌다. 초등학교 시절 선생님은 내게 뭐든지 할 수 있다는 자신감과 지구력과 끈기를 키워주신 누구보다도 고맙고 멋진 분이셨다. 그런데 내가 너무 커버린 것인지, 선생님이 작아지신 것인지 그날의 만남은 기묘한 느낌이 들었고, 그것을 선생님도 느끼고 계셨던 것 같다. 뭔가 단단했던 장벽이 무너지면서 가슴에 아릿함이 느껴지기까지 했다. 돌아서는 선생님의 뒷모습이 아직도 기억이 난다. 선생님은 한손에는 작은 가방을 들고 군복을 입고 다시 논두렁 저 너머로 뚜벅뚜벅 걸어가셨다. 당시 최고로 강한 사람처럼 여겨지는 군인으로서 그 멋진 군복을 입고도 선생님은 더 이상 크고 강해 보이지 않았다.

그 이후로 어른이 되고 세상을 살아가면서 그때 받았던 인상을 때때로 다시 느끼곤 한다. 가장 커 보였던 이가 어느덧 나보다 늙고 힘없어질 때 그때와 비슷한 슬픔과 당혹감을 느낀다. 그러나 상대를 무조건적으로 추종하지 않고 한 사람의 인간으로 바라볼 수 있는 연민의 시선 또한 세월이 주는 또 하나의 선물이 아닐까 싶기도 하다.

튼튼한 육체, 학식과 재물, 멋진 옷차림 같은 껍데기를 오롯이 지워내고 오직 그를 한 사람의 인간으로 바라볼 수 있는 시선이야말로 사람과 사람 사이의 가장 귀한 이해의 시작일 것이다.

쪼개 먹는 한 알의 콩이 주는 즐거움

지금이야 1원짜리는 찾아보기도 힘들고, 10원짜리도 소홀하게 여겨진다. 물론 세월이 흐른 것을 감안하더라도 10원짜리 동전이 심지어 쓰레기통에서도 종종 발견된다는 이야기를 들으면 씁쓸한 기분이 든다. 예전 화폐 단위로는 1원짜리도 지금처럼 쉽게 쓰이지 않았다. 어르신들은 동전 하나를 아껴서 쌈짓돈을 만들고, 그 돈으로 식구들의 목숨을 연명해갔다.

그 이야기를 하려면 우리나라 화폐개혁의 역사를 짚고 넘어갈 필요가 있다. 내가 태어난 1959년은 대한민국 최초의 현행주화인 10, 50, 100환 3종의 주화가 미국에서 주조되어 발행되기 시작한 해이다. 그러던 1962년 3차 화폐 개혁이 이루어져 1966년부터 1, 5, 10원 주화가 발행되었다. 이후 또다시 50원 주화가

1972년부터, 100원 주화가 1970년부터 사용되었다.

아무튼 이 개혁이 있은 후 이전의 10환이 1원으로 바뀌었는데 그 값어치는 지금과 달리 상당했다. 1원이면 당시 유명했던 유과라는 사탕을 12개 살 수 있고, 십리 사탕(눈알만 하다고 해서 일명 눈깔사탕)이 두 개, 말림 빵이 1개였다.

우리 집은 4남매가 초등학교를 같이 다녔다. 소풍을 갈 때면 부모님이 1원씩 주셨다. 그것도 없이 그냥 오는 학생이 대다수였던 시절이라 우리는 두근대며 소풍날을 기다리곤 했다. 아침에 어머니가 주신 1원을 가지고 사탕을 사서 호주머니 깊숙이 넣고 만지작거리다 보면, 손의 열기 때문에 과자를 싼 비닐이 사탕에 눌러 붙기도 하고, 언제 먹을까 고민을 거듭했다. 아끼던 그것을 친한 친구들과 숨어서 나눠 먹다 보면 어느새 남은 건 한 두 개 정도였다.

그래도 그 사탕을 살 수 있고, 주머니에 넣어서 만지작거릴 수 있고, 친구들과 즐겁게 나눠먹을 수 있는 게 마냥 즐겁고 좋기만 했다.

그런데 어느 날, 횡재가 떨어졌다. 학교에서 아이들과 놀다가 혼자 집으로 오는 길에 도로에서 무려 50원을 주운 것이다. 그 돈을 발견하는 순간 머릿속에 번쩍 하고 별이 뜨는 기분이었다. 그 돈으로 살 수 있는 과자들이 줄줄이 떠올랐다.

무엇을 할까 고민하던 중 우연찮게 구멍가게를 지나면서 진열장에서 봤던 국수가 기억났다. 바로 지금의 라면이었다. 이때만 해도 라면이 새로 출시되었을 때였는데, 주인 아줌마께 여쭤보니 봉지로 나온 국수인데 엄청나게 맛있다는 것이다.

"어떻게 먹는 건데요?"

내가 물었다. 그러자 아주머니는 봉지에 끓이는 방법이 있으니 그대로만 하면 정말 놀랄 만한 맛이 난다고 라면 자랑이 이만 저만이 아니셨다. 하지만 한 봉지가 고작 100g이고 가격은 10원이나 된다는 소리에 나는 입을 떡 벌리고 말았다. 어린 내 마음에 그 순간, 수많은 생각들이 뇌리를 스쳤다.

50원이면 유과는 몇 개고, 빵은 몇 개란 말인가. 순전히 군것질 거리만 눈앞에 아른대는 순간이었다. 그런데 그걸 눈치 채셨는지 아주머니가 냉큼 한마디를 하셨다.

"얘, 며칠 후면 그나마도 값 오른다."

나는 처음 제대로 구경하는 음식이라서 신기하고 호기심이 발동했고, 가격이 오르면 그때는 정말 못 사먹을 것 같은 기분이 들었다. 그래서 결국 구깃구깃 넣어두었던 50원을 꺼내 라면 다섯 봉지를 샀다.

라면을 가져가 어머니께 이걸 사게 된 이유를 말씀드리니 어머니는 빙긋이 웃으셨다. 그리고는 고맙다고 하시며, 비록 다섯 개 밖에 없지만 큰 솥에 끓이면 식구 모두가 맛을 볼 수 있겠다고 하셨다.

당시만 해도 라면 물은 어느 정도 넣어야 하는지, 몇 분을 끓여야 하는지 제대로 알지 못했을 뿐 아니라 너무 귀한 음식이다 보니 가족들 모두가 맛을 봐야 했다. 결국 어머니는 양을 불리기 위해 일단 큰 솥에 물을 잔뜩 넣었다.

라면이 끓고 있는 걸 유심히 바라보던 그 풍경이 지금도 생생하다. 나도 어머니도 그 큰 솥 옆에 쭈그리고 앉아 무슨 결과물이 나올지 호기심이 가득한 눈으로 라면이 익는 것을 바라보았다. 국수는 기본적으로 오래 끓이면 불기 때문에 양을 늘리기 위해서는 푹 퍼지게 끓일 수밖에 없었다.

그렇게 내 인생의 첫 라면이 끓여지고 가족들 모두 부푼 기대를 안고 큰 상에 둘러앉아 빈 그릇에 숟가락을 놓고 기다렸다. 물론 건더기는 얼마 되지 않았다. 그럼에도 식구들끼리 불은 라면 건더기를 한 그릇씩 놓고, 그 위에 스프로 간이 맞추어진 국물을 부었다. 그리고 후루룩 먹는 순간 모두들 얼굴에 놀라움의 빛이 떠올랐다. 정말이지 그 맛은 그간 단 한 번도 느껴보지 못한 환상의 맛이었다. 곧이어 그것을 사온 내게 가족들의 고마움과 사랑이 쏟아졌다. 정말로 가슴 뿌듯한 저녁식사였다.

사실 그 돈이면 유과 몇 백 개, 그 외에도 아마 내가 1년 먹을 과자를 살 수 있었을지도 모른다. 하지만 그때 같이 나눠 먹은 그 라면의 맛은 그 어떤 진수성찬보다 귀한 것이었다. 비록 다섯 개로 대가족이 먹느라 물을 잔뜩 부어 퉁퉁 불려 먹었지만, 진정한 즐거움은 내 입이 즐거울 때가 아니라 누군가 내가 선물한 음식을 즐겁게 먹는 걸 바라볼 때라는 걸 나는 그때 알았다.

50살, 고갯길을 넘어서며

나는 이제 쉰살을 넘었다. 100년 동안 사는 것이 정설이라면, 이제 깊은 가을, 인생의 고갯길을 절반 이상 넘어온 참이다. 이 나이쯤이면 세상사 어느 정도는 꿰뚫을 수 있으리라 생각했는데 아직도 나는 작고 큰 일들에 허둥지둥하고, 때로 중요한 선택의 순간에 놓일 때도 있다. 그럴 때마다 내가 떠올리는 기억 하나가 있다. 바로 고등학교 때, 약 60리 길을 시외버스를 타고 통학하던 기억이다.

당시는 70년대로 차비는 대략 30원 정도였다고 기억된다. 버스가 한 시간에 한 대씩 있었는데, 항상 정원의 배 정도가 타서 여간 빡빡한 게 아니었다. 그렇게 콩나물시루 같은 차 안에 꼭꼭 끼어서 가다 보니 차가 커브를 돌거나 한쪽으로 쏠릴 때마다 여학생들 비명소리가 터져나왔다. 경악에 가까운 처절한 목소리가 비좁은 버스 안에 울려 퍼지면 남학생들은 흥이 나고 장난기가 발동했다. 그 사이 몇 차례의 밀림과 쏠림이 되풀이되곤 했다.

당시 우리가 타고 다니는 버스는 앞문과 뒷문이 있어서 탈 때는 앞문으로 타고 내릴 때에는 뒷문으로 내렸다. 앞문에서 안내양 누나가 차비를 받고 손님들을 받다 보면 학생들이 몰리는 시간대에는 혼자서 감당하기 어려운 실정이었다.

운전기사로서는 항상 배차 시간과 운행 시간에 쫓기다보니 신경질적으로 안내양을 독촉하는 경우가 다반사였다. 그러던 어느 날 우리의 영웅 심리가 고개를 들었다. 학생들이 몰릴 때는 우리 건장한 남학생들이 임시 차장이 되어 뒷문에서 차비를 받아 안내양에게 건네주겠다고 말이다.

운전기사 분은 반신반의한 모습을 보였지만 일단 그러라고 하셨다. 그렇게 어느덧 하루에 한 번 치르는 그 전쟁이 우리에게는 즐거운 일, 기다려지는 시간이 되었다. 게다가 그 임무를 충실히 하다 보니 안내양이 얼마간의 용돈을 주기까지 해서 호주머니도 두둑해졌다.

그러나 좋은 일이 있으면, 나쁜 일도 있는 법이다. 당시에는 차가 워낙 낡다 보니 가끔 고장이 나서 버스가 안 오는 일도 있었다. 이른 봄이었던 그날도, 저녁 8시면 출발하는 버스가 오지 않는 게 아닌가. 차비를 받기 위해 그날도 무장하고 있던 우리는 난감하지 않을 수 없었다. 그러나 문제는 그날 '업무'를 하지 못한다는 것만이 아니었다. 집으로 돌아갈 방법까지도 묘연해졌다.

많은 학생들이 웅성이기 시작해 터미널 안은 금방 시끌벅적해졌다. 학생들은 서로의 얼굴을 바라보며 대책 없는 대책만 내놓고 있었다. 우리야 사실상 마지막 직행버스를 타고 가서 괴산에서 거꾸로 오면 됐다.

하지만 같이 버스를 타는 학생들 중에는 어린 중학생과 여학생들이 70퍼센트가 넘었다. 그 와중에 우리만 집에 가겠다고 나설 수도 없었다. 게다가 우리가 차비를 받는 바람에 우리 얼굴을 아는 이들이 한둘이었는가.

마지막 직행버스도 떠나고 9시가 다 되어가기 시작했다. 결국 우리는 60리 길을 걸어가기로 하고, 주변의 학생들에게도 이 사실을 알렸다. 여럿이 같이 하면 못할 것도 없으니 우리만 믿으라고 했다.

당시 우리 등하교 길에는 모래재가 있었다. 옛날 교통이 발전하기 전만 해도 이 고개를 맨 정신으로는 못 넘어간다는 말이 많았다. 산이 워낙 높은 데다 세 번이나 용트림을 한 형국으로 도로가 만들어지긴 했지만 그마저도 험하기로 유명했다.

게다가 가끔씩 짐승이 나타난다고도 하고, 옛날 과거 보러 가는 지름길이라 도적떼가 많던 고개였다고도 했다. 그렇게 무서운 고개이다 보니 넘기 전 짐 보따리에 술을 거나하게 챙겨서 가야 무서움을 달랠 수 있다고 했다. 이 이야기를 어려서부터 어르신들에게서 너무 자주 들었던 차라 처음 걸어 넘어가려니 겁이 더럭 났다. 하지만 결국은 고등학생 몇몇이 모여서 무사히 넘어가는 방안에 대해 논의를 시작했다.

앞과 뒤에서 남자 고등학생들이 호위하듯이 걷고 가운데서 어린 중학생과 여학생들을 걷게 하자는 것이었다. 우리도 바들바들 떨리면서도 내심 강한 척을 하느라 우리 조가 선두에서 걷게 되었다.

그때 나는 60리 길이 그렇게 멀다는 것을 처음 느꼈다. 워낙 건장했으니 처음에는 걸을 자신 있게 앞장을 섰지만 막상 삼분의 일 정도 걷다 보니 여학생들이 나가 떨어지기 시작했다.

그 많은 학생들이 저녁도 못 먹고 걷고 또 걸었다. 걸음은 점점 느려지고 재잘대던 목소리도 사라진 지 오래였다. 지친 침묵

속에 비포장 자갈 굴러가는 소리만 들렸다.

얼마나 걸었을까? 문득 차 소리가 들려 보니, 뒤쪽 저 멀리 모퉁이에서 반가운 차 한 대가 덜커덩거리면서 달려오는 것이 아닌가? 우리는 누가 먼저라 할 것 없이 일제히 멈춰 서서 뒤를 보면서 중얼거렸다.

"저거 혹시 버스 아닐까?"

"그런 것 같은데?"

하지만 귀에 들려오는 소리를 보니 버스가 아닌 트럭 같았다. 트럭이라도 좋다, 우릴 태워만 주면 좋겠다고 생각하던 차에 트럭은 자욱한 먼지만 남기고 사라졌다. 언뜻 보니 짐이 가득 실려 있어 어차피 사정을 알았다 해도 어쩔 수 없었을 것이다.

당시 우리가 걸었던 지방도로는 차량이 가뭄에 콩 나듯이 몇 시간에 한 대 정도가 고작인 한적한 신작로였다. 결국 그 트럭은 우리에게 잠시나마 희망을 줬을 뿐 다시 먼지와 아쉬움만 남겼지만, 그럼에도 캄캄하고 막막한 도로에 한줄기 헤드라이트가 그렇게 반가울 줄은 전혀 몰랐다.

걷다가 쉬고 또 걷고를 몇 번이나 했을까. 어느덧 모래재 밑에 다다라 있었다. 이곳까지 오면서 중간 중간 마을이 나타날 때마다 한두 명씩 집으로 돌아갔다.

서로 잘 가라고 인사는 했지만, 집이 가까운 그 친구들이 부럽기만 했다. 고개 밑 면 소재지 차부에 다다랐을 때 다시 집결해 대열을 갖추기로 했다. 반수 이상이 빠져 40여 명이 남아 있었고, 우리는 잠시 휴식을 취하면서 다시 대작전을 짰다. 대열은 유지하되 고개에서는 힘을 빼지 않기 위해 말도 하지 말고, 무조건 부지런히 넘기로 했다.

다들 고개를 끄덕였고, 우리는 서로 손을 잡고 걷기 시작했다. 모두가 긴장하고 있었다. 혹시 모를 짐승이 나타나 놀라거나 다칠 수 있다는 염려 때문에 한 마음 한뜻으로 조심조심 한 굽이를 돌고 돌아갔다. 그때 산 비탈면에서 흙이 일시에 우르르 흘러내리는 소리가 들렸다. 잔뜩 긴장하고 걷던 학생들이 누가 먼저랄 것 없이 엄마를 찾으며 한데로 엉켰다.

하지만 그것은 작은 짐승이 비탈진 곳을 걷다가 자갈을 건드려 모래가 흘러내리면서 나는 소리인 듯했다. 너무 조용하고 긴장한 탓에 작은 소리도 지나치게 크게 들렸던 것이다.

서로에게 괜찮다며 위로하면서 부지런히 걸어서 고개를 무사히 넘었다. 온 몸은 땀이 흥건히 배어 다들 옷이 흠뻑 젖어 있었다.

집까지는 겨우 반 이상 왔을 뿐인데, 모두 저녁을 먹지 못한 상태이다 보니 기진맥진한 건 당연하고 다들 모양새가 애처롭고 초라하기 그지없었다. 게다가 걷는 발에는 힘이 없어 돌 뿌리에 걸려 넘어지는 아이들도 생겨났다.

고개를 넘어서 마을을 지날 때, 이제 남은 학생은 줄고 줄어 불과 열일곱 명만 남아 있었다.

어둠이 짙어 서로 얼굴은 보지 못했지만 들릴 듯 말 듯 한 낮은 목소리로 잘 가라고 인사를 했다. 손에 든 가방은 왜 그리 무거운지 한 짐은 거뜬히 되는 것처럼 느껴졌다.

마지막 모퉁이를 돌았다. 이제 동네 어귀가 코앞에 있었다. 그러자 긴장이 풀려서인지 더 고단하고 몸도 쑤시는 듯 아팠다.

그렇게 나는 마지막 남은 아이들과 함께 무려 4시간 이상을 걸었다. 집에 도착하니 자정이 훨씬 넘은 시간이었다.

저만치 집 불빛이 보이자 안도감에 눈물이 나올 지경이었다. 할머니와 할아버지, 어머니와 아버지 모두가 걱정하며 나를 기다리고 계셨다.

궁금증과 놀람이 담긴 그 얼굴들을 보자 죄송함과 고마움이 밀려들었다. 자초지종 설명을 하자 어르신들은 그런 줄도 모르고 별에 별 생각을 다하셨다고 하셨다. 그리고 나를 제일 아껴

주시던 할머니께서는 얼마나 다리가 아프냐며 내 다리를 주물러 주셨다.

그날 밤 나는 배부르게 먹고 어느 때보다 깊은 단잠을 잤다. 다음날 다리가 쑤시기는 했지만 긴 고갯길을 넘어온 스스로가 대견하다는 생각이 들었다.

그날 내가 걸었던 고단하고 두려운 길, 그곳에서 나와 함께 걸었던 80명의 학생들, 중간에 우리를 스쳐지나간 헤드라이트 불빛, 다른 아이들은 거의 집에 갔는데 또다시 남아 길을 걸어야 한다는 피로감, 이 모든 것은 놀랍게도 50세 지금까지 고갯길을 건너온 내 심정과도 비슷하다고 할 것이다.

예기치 못한 일들로 난관에 부딪쳤을 때 고심 끝에 길을 나서고, 동행했던 사람들의 손을 잡고 어려움을 뚫고 나갈 때의 기쁨, 순간적으로 다가왔다가 사라진 행운들, 그리고 드디어 원하던 목적지에 도착했을 때 나를 반겨주던 고마운 사람들.

그리고 50세, 이제 나는 앞으로도 몇 번이나 그 고갯길을 건너야 할지 모른다. 하지만 중요한 것은 한 가지이다. 앞으로도 그 고갯길에서 내게 닥쳐왔던 모든 일들이 똑같이 반복될 것이라는 점이다.

세상에 행운만 가지고 길을 떠나는 사람도 없고, 불행만으로 살아가는 사람도 없다. 우리 삶은 어쩌면 그처럼 고된 난관과 행운과 불행이 교차하는 과정, 그 과정이 지났을 때의 기쁨이 어우러져 만들어내는 것일지도 모른다.

길을 떠나기 두려울 때, 앞으로도 나는 이때 걸었던 길들을 기억할 것이다. 그리고 어려운 상황이든 좋은 상황이든, 그 순간의 나 자신을 독려하며 그 길을 나아갈 것이다.

3장

세상의 비를 탓하기 전에

아이는 어른의 뒷모습을 닮아간다

우리 육남매는 자라면서 싸움이나 말다툼을 한 적이 거의 없다. 서로 형제 이상의 친구처럼 지내는 다정한 형제들로 동리에 소문이 자자했다. 지금 생각해보면 그것은 우리 품성이 훌륭해서라기보다는 부모님의 가르침 덕분이라고 생각된다.

흔히 아이들은 어른의 뒷모습을 보고 자란다고 한다. 다시 말해 번지르르한 훈계보다는 몸으로 행동하고 보여주는 것이 자식에게 더 큰 영향을 미친다는 것이다. 내 부모님께서는 크게 소리치거나 매를 들거나 훈계하시는 적이 없었다. 그저 침묵으로 행동으로 많은 것들을 보여주셨다.

그 많은 자식을 키우다 보면 간혹 잘못을 한 자식이 있을 텐데, 충분히 혼을 내거나 야단을 치실 법한 상황에서도 그 흔한

"임마"나 "요놈" 같은 꾸지람 한마디도 하신 적이 없다. 또한 웃어른께 공경하고 형제의 중요성을 말씀하시면서도 이래라 저래라 지시하시기보다는 먼저 솔선수범하셨다.

그래서인지 지금도 우리 육남매는 부모님에 대한 정이 애틋한 효자효녀들이다. 먼저 나서서 부모님들께 잘해드리려고 애를 쓴다. 한번도 이 늙으신 두 분을 짐처럼 여긴 적이 없다. 살아가면서 피곤하고 힘이 들 때, 부모님을 찾아뵙고 나면 그 힘든 일들이 씻은 듯 사라지는 것을 보니, 부모님을 부모님 이전에 삶의 스승으로서 한 인간으로서 좋아하고 있음이 틀림없다.

우리 부모님은 지금도 고향인 충북 괴산에 살고 계신다. 본래 두 분은 9남매를 낳으셨지만. 내 위로 세 명의 형들이 홍역 등으로 일찍 세상을 떠났다. 이제 나도 자식을 낳아보니 알지만 그 억장 무너지는 슬픔에 얼마나 아프셨을 것인가.

그럼에도 두 분은 그 세 아이를 가슴에 묻으시고 나머지 6남매를 온갖 사랑으로 키우셨다. 나는 사내아이들 중에 막내였는데, 어려서 귀여움 받고 자라서인지 부모님께 애틋한 정이 남다르다. 그래서 처음 서울에 와서 자리 잡기까지 어려운 순간 동안 많이 찾아뵙지 못했던 것이 지금까지도 마음이 아프다.

그래도 1996년부터는 매주 부모님을 찾아뵙고 병원에도 모시고 가고, 간혹 외식을 하면서 맛있는 음식을 사드리지만, 그럼에도 늘 부족하고 서러운 마음이 앞서는 것은 왜인지 모르겠다.

사실 12년 내내 주말마다 고향을 찾아가 농사일도 돕고 뒷바라지를 한다는 건 많은 시간과 노력이 드는 일이다. 만일 그로부터 무언가를 바라고 했다면 현실적으로 몇 개월도 못 버티고 포기하고 말았을 것이다.

그러나 내게는 효자라는 칭찬을 받고 싶은 마음도, 공치사를 받고 싶은 마음도 없다. 그저 남은 시간 동안 한 번이라도 부모님 얼굴을 더 간절히 보고 싶다. 어렸을 때 두 분이 보여주신 좋은 모습들이 어른이 된 내게 고스란히 전해졌다는 데 당연한 감사와 사랑을 느끼니 주말마다 새벽 같이 일어나 내려가는 발걸음이 무거울 리 없는 것이다.

물론 가서는 아직도 버리지 못한 막내 티를 낼 때도 있다. 때때로 부모님이 늙어가신다고 느낄 때마다 괜스레 화를 내고 오기도 한다. 그럼에도 어머니 아버지는 내가 어렸을 때 그러셨듯이 허허 웃기만 하신다. 그리고 또 1주일 동안 내가 오기만을 기다리신다. 어릴 때는 자식을 키우고, 그 자식이 어른이 되어서는 잘되기를 바라고, 늙어서는 다시 그 자식을 기다리는 것, 그

것이 부모인가 보다.

　나는 조만간에 좀 더 편안하게 두 분을 모시려는 계획을 준비 중이다. 지금 내 살과 뼈뿐만 아니라, 내게 똑같은 뒷모습을 주신 두 분께 감사를 드리며, 때로 내 아이들에게도 좋은 뒷모습을 물려줄 수 있기를 간절히 바란다.

지식과 품행은 하나이다

내게는 잊지 못할 담임선생님이 한분 계시다. 초등학교 때 담임이신데, 당시 선생님의 장남이 같은 반 급우로 함께 학교를 다니고 있었다.

선생님께서는 유독 우리에게 품행을 강조하셨다. 교육에는 내적인 교육과 외적인 교육이 있는데, 내적으로 아무리 훌륭한 교육을 받고 지식을 쌓아도 그것이 외부로 표출되지 않으면 무의미하다고 말씀하셨다.

그리고 그 지식을 외적으로 드러내는 것은 바로 언행과 바른 몸가짐, 더 나아가 아름다운 글씨라고 말씀하셨다.

선생님은 숙제를 내주실 때마다 우리에게 저학년 국어 노트를 쓰게 하셨다. 그 노트에 펜으로 글씨를 쓰되 책 페이지를 정해 같은 내용을 두세 번 정자로 반복해 써오게 하셨다.

그렇게 해온 숙제는 이튿날 검사를 하고 점수를 주셨는데, 빨간 색연필로 시계태엽(말림 빵) 표시를 해주셨다. 그것이 다섯 바퀴의 돌아가면 100점이었다.

사실 머리가 제법 굵은 우리에게 글자 연습은 지루하고 불필요해 보이기 십상이었다. 게다가 어릴 때부터 글씨 교육을 제대로 받지 못한 아이들이 많아 처음에는 세 바퀴를 돌지 못하는 아이들도 다반사였다.

그런데 이렇게 원 바퀴 수가 적으면 독특한 벌이 주어졌다. 덜 돌아간 수만큼 운동장을 도는 것이었다. 여름에는 그나마 참을 만했지만, 초겨울에는 정말로 죽을 맛이었다. 장난기가 발동하신 선생님이 얼어 있는 운동장을 맨발로 돌리셨기 때문이다. 남녀를 구분치 않으신 것은 물론이며 뒤에서 따라서 도시면서 꾀병을 부리거나 잔머리를 굴리는 친구들에게는 추가로 한 바퀴를 더 돌게 하셨다.

그러다 보니 아무리 농땡이 치고 싶어도 살아남기 위해서는 어쩔 수 없이 숙제는 물론, 글씨도 잘 쓰려고 노력할 수밖에 없었다. 들리는 이야기로는 집에서 장남에게 먼저 이 방법을 실험해 보았는데 그 결과가 시원치 않아서 반 전체를 교육시키기로 하신 것 같다.

당시 나도 초반에는 점수를 못 받아서 맨발이 곱는 듯한 차가운 운동장을 몇 번이나 돌곤 했다. 그리고 나서는 씩씩대며 다음번에는 반드시 잘 써서 이런 고충을 겪지 않으리라 다짐도 했다.

사실상 글씨 잘 쓰는 법을 배우는 게 그리 대단한 일인가 싶을 수 있지만, 그때 바로잡은 글씨체가 아직도 유지되는 것을 보면 그때 배워둔 것이 얼마나 다행인가 생각이 들 때가 많다. 또한 지식과 품위가 글씨에서 드러난다는 선생님 말씀에 더 잘 쓰려고 노력하는 모습은 그때나 지금이나 다를 바가 없다.

흔히 하는 말 중에 배운 사람이 못 배운 사람보다 낫다고 말한다. 살다 보면 실제로 많이 배운 사람들, 못 배운 사람들도 많이 만나게 된다. 하지만 이 두 부류의 사람들을 지켜보면서 나는 더더욱 선생님 말씀을 자주 떠올린다. 경험해 보건대 많이 배웠다는 게 곧바로 그 사람의 인격을 말해주는 건 아니었기 때문이다.

선생님의 말씀대로, 어떤 이는 배운 것이 그대로 머리에만 머물러 있고 몸가짐과 행동으로 드러나지 않았고, 어떤 이들은 조금 배웠어도 그것을 몸으로 실천하고 좋은 몸가짐을 가지고 있었다.

올바른 자세에서 제대로 된 생각과 행동이 나온다는 삶의 진리를 일찌감치 가르쳐주신 덕일까? 유독 당시에 같은 반이었던 우리 급우들은 더 많이 배웠건 조금 덜 배웠건, 중년이 된 지금도 어디에 가서든 명필이라는 칭찬을 받는다. 게다가 그 글씨만큼이나 삐뚤삐뚤하지 않은 단정한 삶을 영위하고 있다.

지금은 돌아가셨지만 선생님께서 우리를 보신다면 뭐라고 말씀하실까? 꼭 웃으면서 이렇게 말씀하실 것 같다.

"그래, 잘했다. 이제 살얼음 운동장은 그만 뛰어도 되겠구나. 너희가 진짜 100점 만점짜리들이다."

맞은 뺨은 잊어도 때린 뺨은 잊지 못한다

내 세대들 중에 많은 이들이 그렇듯이 나 역시 호적 나이는 본래 나이보다 세 살이나 어리다. 이유는 다른 게 아니다. 당시에는 홍역이 무서운 병이었다. 내 위로 세 형들도 홍역 등으로 저세상으로 갔고, 그래서 어머니와 아버지도 내가 어느 정도 살 기미를 보이고 나서야 면사무소에 출생신고를 하셨다.

그때 나는 천방지축 어린아이라 옆집 친구들과 내가 호적상 나이가 다르다는 것도, 어머니 아버지가 왜 호적을 늦게 올리셨는지도 알 리 없었다.

어느 날이었다. 동네 아이들과 놀고 있는데 아이들이 초등학교 입학 통지서가 나왔다고 자랑하는 게 아닌가.

남에게 지는 걸 싫어하는 데다 학교를 가고 싶어서 무조건 나도 가겠다고 때를 쓰기 시작했다. 그렇게 옹고집을 부린 덕에 온갖 기대에 부풀어 친구들과 어깨동무를 하고 넓은 운동장에 들어섰다.

어린 내 눈에 그곳은 그야말로 별천지, 드넓은 세상이었다. 태어나서 처음으로 엄청나게 넓은 운동장과 바글바글한 아이들을 본 것이다.

눈앞에 펼쳐진 모든 것이 신기하고 마냥 즐거웠다. 그래서 날씨가 추운 줄도 모르고 달리고 넘어지면서 아우성을 쳐대며 기뻐했다.

당시 우리 동네는 그 초등학교에 다니는 마을 중에 제일 큰 (학생 수의 10%를 차지했다) 부락이다 보니 무려 30여 명이 입학을 하겠다고 그곳을 찾아왔다. 엄청난 머릿수가 같이 가니 왠지 으쓱하기도 하고, 어릴 때부터 같이 자라 서로 단합도 잘되고 장난도 심했다. 그래서 앞에서 누구 이름을 부르면 자기 이름인지도 안 살피고 우르르 그곳으로 따라갔다.

그런데 줄을 서자 선생님들이 우리를 밀어내는 것이 아닌가. 우리는 당황해서 선생님 얼굴을 멍하니 바라만 봤다.

이유는 이랬다. 당시 시골학교는 재정도 부족하고 선생님 수도 적어서 학년별로 2~3학급밖에 가르칠 수 없는 형편이었다.

각 학급의 정원은 60명인데, 이 이상 정원을 넘길 수 없어 학생들을 선별해 입학을 시킨 것이다.

선생님들이 우리 동네 친구들만 별도로 불러 모아 입학 대상자를 호명하셨다. 30여 명이나 왔는데 그 중에 10여 명만 입학이 허락되었다. 나를 포함한 나머지 친구들은 내년에 다시 오라는 것이다.

우리는 기가 막히고 절망스러운 기분이었다. 다짜고짜 선생님을 붙들고 "우리도 학교 가고 싶어요!"를 합창했다. 선생님은 난감한 얼굴로 우리 머리를 쓸어주시면서 내년에 오라고만 반복하셨다. 너무 슬퍼서 나와 아이들은 운동장에 주저앉아 투정을 부렸다.

처음으로 같이 놀던 친구들이 미워졌다. 먼저 선발된 친구들이 선생님들의 구령에 따라 줄도 서고 입학식을 하면서 우리들을 힐끗힐끗 보고 약을 올렸다. 그날 나는 처음으로 꿈을 가졌다. 나중에 커서 선생님이 되겠다는 꿈이었다. 내가 선생님이 되면 학교를 찾아오는 학생들은 모두 입학시키겠다고 다짐에 다짐을 했다.

하지만 현실은 현실이었다. 우리는 서로 위로를 건넸다. 우리 수가 더 많으니까 내년에 같이 입학하면 더 재밌지 않겠냐고 맥없이 꿍얼대면서 삼삼오오 뭉쳐서 운동장을 나섰다.

　그렇게 다들 실망으로 가득한 기분인데, 저만치 처음 보는 다른 동네 아이가 뒤쳐져서 오던 우리 동네 친구에게 시비를 거는 것이 보였다. 그 아이들도 보아하니 입학 선발 대상에서 제외되어 심술이 난 것 같았다. 그래서 다소 왜소했던 내 친구를 쿡쿡 찌르면서 괜히 화풀이를 하고 있는 게 아닌가.

　친구들 대부분은 이 상황을 모른 채 저만치 앞서 가고 있었다. 그래서 나와 친구 몇이 그쪽으로 가서 말했다.

　"야! 너 왜 내 친구한테 그러냐?"

　그러자 친구를 괴롭히던 아이가 말했다.

　"얘가 대답도 안 하고 건방지게 욕부터 하잖아! 우리는 학교 가는 길목 동네에 사는데, 너네들 두고 봐. 내년에 학교 갈 때마다 그냥 안둘 거다."

　어린 마음에 입학까지 거절당해 속이 상하던 차에 잘 만났다는 생각이 들었다. 나는 다짜고짜 나와 덩치가 비슷한 녀석 얼굴을 주먹으로 쳤다. 그러자 그 아이가 이번에는 한쪽 검정 고무신을 벗어들고 네게 마구잡이식 무차별 공격을 해왔다. 고무신으로 어깨를 세게 얻어맞자 하늘이 노랬다.

　하지만 나는 금방 정신을 차렸다. 당시 우리 동네에서는 형들이 학교 입학 전에 태권도 기본 자세와 수영을 의무적으로 가르쳐 주곤했다. 그것이 동네의 일종의 기풍이었다. 동네에 자부심이 많았던 형들은 어디 가서 싸움을 하더라도 맞지 말라며 열심히도 가르쳤다.

나는 얼른 눈에 힘을 주고 녀석을 바라보았다. 그리고 금방 고무신을 빼앗는 데 성공했다. 그리고 녀석에게 맞았던 것처럼 그 고무신을 오른손에 꽉 쥐고 녀석의 오른뺨을 힘껏 쳤다.

누군가를 때려본 것은 처음이었다. 그런데 다음 장면에 나도 모르게 잘못했구나 하는 생각이 들었다. 순간 그 아이의 코에서 코피가 주르륵 흘러내린 것이다. 그것을 보는 순간 무엇보다 겁이 확 밀려왔다.

나와 같이 있던 내 친구는 뒤돌아 뛰기 시작했다. 저만치서 코피를 흘리는 그 아이의 울음소리가 들려왔다. 우리는 무작정 달리면서 저만치 앞서 가던 동네 친구들에게도 "빨리 도망가!" 하고 외쳤다. 그러자 그 친구들도 놀라서 우리를 따라왔다.

한참을 달리는데 뭔가가 손에서 걸리적거렸다. 다름 아닌 그 아이의 검은 고무신이었다. 너무 놀라서 놓고 올 겨를도 없이 손에 쥐고 뺑소니를 친 것이다.

이걸 어쩌지 생각하는데, 저 멀리서 나한테 맞은 아이의 친구들이 고함을 치면서 우리를 쫓고 있었다. 나는 혼비백산해서 손에 든 검정고무신을 그 아이들에게 냅다 던졌다. 그리고 달리고 달려서 안전한 우리 동네로 들어왔다. 동네에만 들어오면 형들이 많으니 걱정이 없었다.

그러나 나는 이후로 친구들에게도, 가족들에게도 결코 그날 일을 말하지 않았다. 나와 함께 있던 친구에게도 절대 이야기하지 말라고 말해두었다. 어린 나이에 내게도 비밀이라는 게 생긴 것이다.

처음으로 남을 때렸고, 코피까지 나게 하다니 무섭기 그지없었다. 그러다가 경찰서라도 끌려가면 어떻게 하나, 감옥에라도 들어가는 건 아닌가 밤잠까지 설쳤다. 내 친구도 그 옆에 있었다는 이유만으로도 공범으로 끌려갈까 무척 겁에 질려 있었다.

그런 두려움은 무려 1년이나 갔다. 1년 뒤 결국 학교에 입학했는데, 학교를 갈 때 마다, 그 동네를 지날 때마다 그 친구를 만나면 어떻게 하나 걱정 투성이었다. 나한테 맞은 그 친구가 잘못되지는 않았을까 하는 걱정에, 한편으로는 그 아이가 이사를 갔으면 좋겠다고도 생각했다.

그렇게 두려움이 조금씩 가실 무렵, 무엇보다도 그 아이에게 미안해졌다. 기회가 된다면 사과라도 하고 싶었지만 그럴 길이 없었다.

그렇게 몇 달 동안 그 아이의 모습이 보이지 않고 설사 마주쳐도 서로 알아보기 힘들 거라는 생각이 들자, 어린 아이다운 단순함으로 금방 그 일을 잊고 친구들과 신나게 뛰어다니며 1학년을 보냈다.

그런데 해가 바뀌어 2학년이 된 어느 날이었다. 놀랍게도 학교 정문에 들어서는데 그 아이가 서 있는 것이 아닌가! 우리는 눈이 딱 마주쳤고 서로 놀라 한걸음씩 뒤로 물러섰다. 그러나 신기한 일이었다. 그건 두려움보다 반가움이었다.

"너 괜찮아? 그때는 정말 미안했어." 하고 사과하고 싶은 마음이 굴뚝 같았다.

그래서 쭈뼛쭈뼛 다가갔는데 명찰을 보니 이번에 새로 입학하는 아이, 즉 내 후배였다. 내가 돌봐야 할 동생이라는 걸 알게되자 부끄러움에 얼굴이 붉어지고 허탈하기까지 했다. 내가 머리를 긁적대면서 웃자 그 아이도 환하게 이를 드러내며 웃었다.

지금도 나는 그때 내가 아이였던 게 얼마나 다행인가, 순수했기에 얼마나 다행이었는가 안도하곤 한다. 나이가 들수록 우리는 서로 상처줄 일을 많이 만든다. 누군가에게 상처를 입기도 하고, 때로는 먼저 상처를 주기도 한다. 그런데 신기한 것은 내가 맞은 뺨은 어떻게든 잊어버리는데, 누군가의 뺨을 때린 일은 두고두고 잊혀지지 않는다는 점이다.

또한 어렸을 때 그랬듯이, 누군가에게 잘못하고 나면 막상 상처 입은 사람보다 때린 사람이 더 긴 시간을 괴로워하게 된다. 그럴 때면 원수가 나를 때릴 때 왼쪽 뺨까지 내밀라고 말했던 성경 구절이 그렇게 와 닿을 수가 없다.

2학년이 되어 교문에서 마주쳤을 때 밉고 무섭기보다는 반가움이 앞섰던 것은 그때 우리가 어렸기 때문이다. 어른이 되어 서로에게 잘못을 하면 심지어 축제가 벌어지는 길거리에서 마주쳐도 결코 웃지 못한다. 특히 상처를 준 쪽은 더더욱 그렇다.

방법은 하나이다. 누군가에게 상처를 줄 바에는, 차라리 내가 상처 입는 편이 낫다.

백년대계가 사라진 세상

　중학교에 들어가기 전에 나는 핸드볼을 했다. 중학교에 들어가서도 계속하라는 권유가 있었지만 당시 핸드볼에 대한 호응도나 선호도가 낮은 데다 핸드볼 부가 있는 증평 중학교가 너무 멀었다. 결국 나는 괴산 중학교에 입학했다.

　부모님은 어렵고 힘든 살림에도 중학교를 보내주시면서, 검정 교복에 모자 및 가방, 그리고 상당한 가격이었던 새 자전거까지 사주셨다.

　당시 자전거는 일제 치하의 흔적이기도 했지만 내 또래 아이들에게는 가슴 떨리는 로망 같은 것이어서, 돌이켜보면 그때가 내 생애 처음으로 신났고 즐거웠던 때가 아닌가 하는 생각이 든다.

그런데 그것보다 더 가슴 떨리는 소식이 나를 기다리고 있었다. 바로 1학년 초에 학교에서 사이클 부를 창단한다는 것이다. 호기심 많고 자전거 좋아하는 내가 모른 체할 리가 없었다.

그런데 하이킹을 하려면 한 가지 조건이 있었다. 자전거 자체의 무게 때문에 부모님이 어렵게 마련해주신 자전거를 분해해서 최소한의 몸체만 남겨야 했다. 한참을 고민하다가 아니다 싶으면 다시 조립하겠다고 각오하고 뒷좌석과 흙받이를 없애고 몇 일간 신나게 하이킹에 참가했다.

그런데 그 즐거움도 오래 가지 못했다. 학교 측에서 갑자기 사이클 부 창단을 취소하겠다고 발표한 것이다. 처음에 의욕만 있었을 뿐 체계적으로 계획을 못 잡다 보니 2개월도 못 가 접게 된 것이다. 일방적인 추진 취소로 사이클 부에 들었던 약 60여 명의 학생들은 선생님들에 대한 신뢰만 잃고 뿔뿔이 흩어졌다. 자신들도 잘할 수 있고 잘 해보겠다고 뭉쳤는데 마음에 상처만 입고 다시 부품을 조립하는 불편을 겪어야만 했다.

교육 정책이 자주 바뀌는 것인지 학교 교칙이 자꾸 변경되는 것인지 알 수는 없었지만 무엇을 한다고 계획을 수립하면 최소 몇 년은 가야 하는데, 흐지부지 계속 새로운 것만 만들다 보니 호응도나 선생님들에 대한 신뢰도 무너졌다.

그러나 이런 일이 비단 이때만 있었던 것도 아니다. 이후로 내가 고등학교를 졸업할 때까지 이런 운동부는 물론 교과목, 수업 분위기와 주제 등도 변신을 거듭하고 거듭했다. 무언가 새로운 것을 만들어야 한다는 강박감 속에서 백년대계는 흔적도 찾아볼 수 없었다. 게다가 사회의 일꾼을 길러내는 중고등학교가 그랬으니, 일반 사회는 어땠을까.

어느 날 도로가 뚫리고 건물이 오르니 빨라서 좋긴 하지만, 너무 빠른 성장이 부작용을 가져오기도 했다. 경제 성장이 최고라고 생각하며 마음속의 신념들을 저버리기도 했다.

때때로 나는 선진국들의 공무원이 부러울 때가 있다. 일부 선진국들은 도로 건설을 하나 해도 숙고하고 또 숙고한다. 가장 적은 비용으로 가장 효과적이고 편리한 제도와 지역 정비를 생산해낸다. 지금 이 순간의 계획과 결과가 장시간에 걸쳐 어떤 영향을 미치는지를 미리 재보고 계산하므로, 그로 인한 부작용과 비난도 줄어들 수밖에 없다.

비단 사회뿐일까. 우리 또한 우리 삶에서 백년대계를 잃은 지 오래이다. 당장 눈앞의 이익을 위해서 자신에게 중요한 것을 미련 없이 내던져 버린다. 그러나 우리 삶은 이 한순간에 끝나는 도박과 같은 것이 아니다. 지금의 성과가 내 인생 전체를 말해주는 것도 아니다.

길고 긴 인생길에는 철로를 놓듯이 자신의 삶의 시작과 끝을 완결지어 이끌어가려는 굳은 신념이 필요하다. 그리고 개개인 모두가 이런 백년대계를 가지고 자신의 삶을 꾸려갈 때, 그 사회도, 더 멀리 바라보는 넓은 시야를 가지게 된다는 것을 명심하자.

진짜 스승은 때로 혹독하다

　요즘 선생님들과 달리 옛날 선생님들은 권위와 엄격함이 대단하셨다. 정확한 지적과 체벌도 감수하면서 아이들에게 지대한 관심을 쏟으며 바른 길을 열어주셨다.

　지금도 나는 좋은 스승이란 제자의 말을 그냥 한 귀로 흘리며 "그래, 그래" 수긍하는 것보다는 따끔한 충고와 객관적인 시선으로 바로잡아주는 사람이라고 생각한다.

　내게도 그런 스승이 한분 계신다. 바로 중학교 3학년 담임선생님이시다.

　즐겁고 짧았던 중 3 여름방학이 지나 2학기가 되면서 골치가 아파졌다. 고등학교를 들어가야 하는데 어디를 가야 할지 진학 문제에 봉착한 것이다.

내 어릴 적 꿈은 자동차나 기계를 다루는 사업가였고, 때문에 어려서부터 기계를 만지거나 가지고 노는 것을 좋아했다.

때문에 나는 당시 그 지역에서 유명한 기계 공고에 들어가고 싶었다. 그런데 1학기 후반에 공부를 소홀히 한 탓에 내가 원하는 학교에 갈 수 없게 되었다. 결국 선생님은 그곳 원서를 써주지 않겠다고 단언하셨고 그렇게 담임선생님과 밀고 당기는 레이스가 시작되었다.

같은 반 친구들 면담은 미술실에서 쉽사리 진행되었는데, 내 차례만 되면 교무실로 장소를 바꾸어 대화를 하시기까지 했다.

나는 남은 기간 동안 열심히 하면 충분히 될텐데 선생님이 반대하시는 이유를 모르겠다고 말씀드렸다.

그리고 기계공고가 아니면 진학을 포기하거나 인문계로 선회하겠다고 말했다. 게다가 어째서 선생님이 제 진로를 막으려 하시냐고 막무가내로 억지를 부리면서 종례 시간까지 선생님을 붙들고 들들 볶기까지 했다.

선생님이 주장하신 요지는 이랬다. 부반장이라는 놈이 까불고 놀러 다니면서 공부를 많이 안 해 실력이 떨어져 어렵다는 것이다. 또한 손재주나 적성 등을 고려해볼 때 증평공고를 권장하셨다. 그곳은 앞으로 가능성과 비전이 있고, 경제발전을 볼 때 기계 쪽보다는 건설 경기가 급진적으로 번창할 테니 건축을 선택하라는 것이다.

그러나 선생님은 내가 고집을 접을 기미가 안 보이자 다른 선생님들로부터 지원까지 받아 나를 설득하시려고 하셨다. 그리고 며칠 더 시간이 있으니 잘 생각해보고 다시 면담하자고 딱 잘라 말씀하셨다.

실망감 때문에 벌게진 얼굴로 집으로 터벅터벅 돌아오면서 원망도 했다. 왜 자꾸 내 길을 가로막으시려는지 화도 났다. 그러나 그날 밤 나는 곰곰이 생각을 해보았다.

선생님이 권하신 학교가 있는 증평은 버스 통학이 가능하지만, 내가 원하는 기계공고가 있는 청주는 거리가 멀어 자취를 해야 했다.

즉 경제적으로 어려운 상황에서 내 고집만 내세울 것도 아닌 것 같았다. 결국 나는 못 이기는 척하면서 마지막으로 선생님의 의견을 따르기로 했다.

원서 접수 마지막 날 오전, 그간 호랑이 같은 뚝심으로 나를 몰아붙이셨던 선생님이 나를 보시고 환하게 웃어주셨다. 그리고 어깨를 두드려주시면서 "춘묵아, 꼭 잘 될 거다. 너무 걱정 말아라." 용기를 주셨다.

그리고 남은 시간이라도 열심히 해 보자고 계획을 세워서 공부를 하자고 하셨다. 그리고 선생님의 지도를 받아 공부한 결과, 나는 중간고사에서 좋은 성적을 거둘 수 있었고, 시험을 앞두고 치러진 몇 번의 모의고사에서도 200점 만점에 160점을 전후하는 점수를 얻었다.

선생님은 든든하고 자랑스러우신 얼굴이었다.

"이제 증평공고는 무사히 갈 것 같다. 조금만 더 힘내자."

나는 선생님과 실랑이를 언제 했냐는 듯 담임선생님의 희망적인 말씀에 더 큰 힘을 얻었다.

드디어 시험 날이 다가왔다. 나와 같은 학교에 원서를 제출한 사람은 8명이었는데, 동네 친구 3명, 윗마을 초등학교 친구 4명이었다. 우리는 단체로 움직이는 게 좋다고 생각해서, 시험 전날 초등학교 친구의 이모께서 운영하시는 여인숙을 숙소로 정했다.

그리고 친구보다 세 살 위인 고등학생 이종 사촌누나와 저녁을 같이 먹었는데, 누나는 꼼꼼하게 우리 개개인의 성향과 실력들을 테스트해주었다.

긴장한 탓인지 몸이 무겁고 두통이 시작되는 등 몸살기가 느껴졌음에도 우리는 밤늦도록 이야기를 나누었다. 특히 누나는 내가 제일 약한 영어를 콕 집어주었다. 너무 걱정하지 말고 모르는 문제는 자기가 일러주는 대로만 풀라면서 몇 가지 유형까지 뽑아주었다.

이른 아침 시험장입구에는 학교 선배들이 나와 있었다. 형들은 자신들이 손수 깎은 연필 두 자루와 지우개 한 개씩을 나누어 주었다. 시험 잘 봐서 꼭 같이 공부하자고 어깨도 두드려주었다. 그때였다. 저만치 익숙한 얼굴이 눈에 띄었다. 바로 선생님이셨다.

"긴장되니?"

선생님이 물으셨다. 나는 싱긋 웃으면서 "아니요, 선생님, 잘 보고 올게요."라고 답했다. 선생님은 긴장하지 말고 여태껏 실력을 십분 발휘하라고 말씀하셨고, 나는 선생님의 응원과 함께 시험장으로 들어섰다.

아직도 시험 때의 긴장되면서도 즐거웠던 분위기가 선명하게 기억난다. 어른 말을 잘 들으면 자다가도 떡을 얻어먹는다고 했던가?

나는 시험 보는 내내 선생님과 누나의 조언에 깊은 고마움을 느꼈다. 그날 몸 상태가 좋지 않았음에도 여러 과목의 시험 문제를 받아 본 결과, 두 사람의 얼굴이 떠오르지 않을 수 없었다.

선생님께서는 내 고집을 꺾으신 이후로도 계속해서 나를 붙들고 늘어지셨다. 중요한 부분을 시험 문제로 만들어 반 강제적으로 풀도록 했다. 때로는 화도 내시며 더 열심히 하라고 다그치셨다. 그런데 시험지를 받아드는데 그때 풀었던 문제 대부분이 출제된 것이 아닌가.

나는 그리 어렵다는 느낌 없이 시험지를 채우고, 영어도 기초적인 문항이 절반을 차지해 순조로이 풀고 모르는 문제는 누나가 알려준 공식을 적용하여 무사히 시험을 마쳤다.

시험을 마치고 정문을 나서자 온몸이 천근만근이었다. 친구들이 보기에도 상태가 안 좋아 보였는지, 같은 반에서 공부했던 반장이 자기도 피곤할 텐데 기꺼이 나를 집에까지 데려다주었다. 나는 가자마자 이불을 뒤집어쓰고 쓰러지고 말았다.

결국 나는 선생님의 말씀대로 무리 없이 증평공고 건축과에 입학했다. 그리고 그 일을 계기로 지금은 건축 공무원이 되었다.

그리고 몇 년 뒤 나는 한 후배로부터 선생님께서 매년 실시되는 고교 입학지원서를 받을 때마다 내 이야기를 후배들에게 하신다는 이야기를 들었다. 선생님께서는 이렇게 말씀하셨다고 한다.

너희 선배 중에 3학년 1학기까지 공부를 잘하다 선도부를 맡아 학교 일을 보면서부터 공부도 안 하고 까불던 녀석이 있었다. 그렇게 몇 차례의 위험한 수위를 넘나들며 호된 홍역을 치르다니 2학기부터 마음을 바로 잡아 건축과에 원서를 접수해서 우수한 성적으로 무사히 학교를 마치고, 지금은 공무원이 되었다. 그리고 그 녀석이 바로 내가 제일 자랑스러워하는 제자 녀석이다.

나는 아직도 시험장까지 직접 찾아오셨던 선생님의 모습을 기억한다. 그리고 얘기를 들어보니 그 이후로도 매 시험 때 직접 시험장으로 학생들을 인솔하고 가신다고 했다.

살면서 우리는 여러 명의 스승을 두거나, 동시에 어떤 사람의 스승이 되기도 한다. 비단 학교에서뿐만 아니라 사회에서 가정에서 누군가 누군가의 스승이거나 제자인 셈이다. 그 와중에 누군가를 비판하거나 따끔한 비판을 받기도 한다.

사실상 누군가를 비판하거나 비판받는 것만큼 감정적으로 힘든 노동은 없다. 그러나 결국은 달콤한 말로만 치장하는 권고보다는 그 비판이 우리를 키우는 씨앗이 되고 더 나아가 바른 길로 인도하는 빛이 된다.

누군가 나를 비판할 때 그것을 있는 그대로 받아들일 수 있는 아량과 배포, 그것이야말로 자신의 삶을 더 풍요롭게 만드는 일이며, 그런 비판자를 곁에 많이 둘수록 나도 성장한다는 점을 기억해야 한다.

부모는 자식에게 자유를 줄 의무가 있다

흔히 자식을 크게 키우려면 집을 떠나보내라는 말이 있다. 하지만 부모들은 그걸 잘 알면서도 그러기 힘들다. 아직 어리게만 보이는 자식이 시야 안에서 멀어지는 순간, 걱정되기도 하고 보고 싶기도 한 게 부모 마음이니 말이다.

나 역시 부모가 되어서야 내 부모님께서 그간 나를 어떻게 바라보셨는지를 깨달았는데, 하물며 자식일 때는 그 마음 귀퉁이라도 짐작했겠는가.

그럼에도 나는 내 자식들을 가둬서 키울 생각이 없다. 만일 내 아이가 잠시 여행이나 집을 떠난다고 해도 눈 딱 감고 보내주고 싶다. 그것은 어린 시절에 집을 떠나본 경험이 아이에게 자유를 주고 더불어 소중한 경험을 선사한다는 것을 알아서다.

나는 고등학교 때 6개월간 하숙을 했다. 너무 길고 험난한 통학 때문이었다. 당시 우리 등교 시간은 전적으로 버스 운행 시간에 달려 있었다. 버스가 제때 오느냐 안 오느냐에 따라 지각을 하느냐, 그렇지 않으냐가 결정지어지는 가련한 신세였다.

우리는 1주일에 한두 번씩 지각을 하곤 했는데, 그때마다 교무실로 우르르 몰려가 담임선생님께 사정 설명을 하곤 했다. 이런 상황이 너무 자주 벌어져서 나중에는 교무실 문을 열라치면 일부 선생님들께서 미리 아시고 "그래, 알았다. 들어가서 공부나 열심히 해라." 말씀 하시곤 했다.

이것도 자주 하다 보니 나름 꾀가 생겼다. 지각할 때마다 전부 교무실을 가는 대신 순번제를 정해 보고를 드리는 것이다.

그런데 이런 일이 너무 빈번하다 보니 선생님들께서는 이런 사태가 계속될 경우 학생들 공부에 지장이 크게 나겠다며 몇 차례 회의를 하신 모양이었다. 교장 선생님의 지시사항은 이러했다.

"각과별 담임선생님께서 학생들 개개인의 부모님에게 직접 가정 통신문을 발송 하십시오."

당시 내용을 간추리면 이러했다.

존경하옵는 학부모님께 협조를 구합니다.

지금 지역사회 모두가 건설의 역군이 될 우리 학생들을 많은 관심과 희망으로 지켜보고 있습니다.

우리 학생들은 앞으로 이 나라 경제발전에 큰 주춧돌이 될 소중한 재원들입니다. 그런데 이 학생들이 매일 아침 콩나물시루 같은 버스 안에서 장시간 시달리고 있습니다. 그러다 보니 공부에 쏟을 힘을 빼앗기는 형국입니다.

많은 학생들이 학교생활에 적응을 아주 잘해 우수한 학업 성적을 받고 있음에도, 다소 안타까운 것은 장거리 버스통학으로 인하여 심신이 매우 지쳐 있다는 점입니다. 특히 버스의 잦은 결행과 지각 운행으로 학업에 전적인 매진을 못하고 있음을 저희 교직원 일동은 매우 걱정하고 있습니다.

그래서 아드님의 밝은 미래를 위해서는 아드님이 학교 근처에서 하숙을 할 수 있도록 허용해 주시기 바랍니다. 부모님 분들의 어려운 사정을 너무나도 잘 알기에 모두가 그러해야 한다고 강제적 조치를 취하지는 않겠습니다. 다만 빠른 결단을 내리셨으면 하는 바람으로 편지를 올립니다.

학생이 마음 놓고 미래에 대한 희망의 나래를 펼 수 있

114

게끔 도와주십시오. 원거리 통학을 지양하고 근거리에서 하숙이나 자취를 할 수 있도록 협조를 해 주시면 학생의 성적도 더 훌륭해질 것입니다.

아무쪼록 부모님의 협조와 당부를 부탁드립니다.

그러자 생각지도 못한 일이 벌어졌다. 이 서신이 가정들에 전달되면서 많은 학생들이 6개월 동안 하숙 생활을 할 수 있게 된 것이다. 그리고 우리 부모님도 이 서신을 받으시고는 흔쾌히 하숙을 허락하셨다.

당시 나와 내 친구들이 하숙하게 된 집은 증평 초입에 있는 정미소 집이었다. 하숙집 장남이 학교는 달랐지만 우리와 동갑내기라 적응하기도 훨씬 수월했다.

우리는 마음속으로 이 하숙집은 방앗간집이니까 쌀은 좋은 걸 먹겠구나 했는데, 예상대로 하숙하는 동안 항상 방금 지은 쌀밥을 먹게 되어 아주 신이 났다. 게다가 촌에서는 못 먹어보던 새로운 반찬이 많이 나오다 보니, 마냥 부러운 마음 한편으로 시골에서 어려운 살림에 하숙비를 마련하려고 고생하시고 계실 부모님과 형들과 누나 생각이 났다.

특히 동생인 나를 위해 희생을 감수하는 작은 형과 누나에게 진심으로 미안한 마음이었다.

그러나 그런 미안함도 잠시 묻어두고, 처음 만나는 이 자유에 대한 기대로 마음이 부풀었다. 친구들과 어울려 마음껏 즐기고 같이 미래 이야기를 할 수 있는 것이 더없이 좋았다.

어느 토요일 오후, 오전 수업을 마친 우리는 계획한 여름 고기잡이를 시행하기로 하숙집에 모였다. 고기를 잡겠다고 준비한 도구는 반도와 양동이 그리고 초고추장이 다였다.

반바지 차림을 하고 다들 무슨 고기가 얼마나 있는지 알 수 없는 새로운 개울을 향해 신이 나 콧노래를 부르며 달려갔다. 다들 마음이 부풀어 마치 여학생들이 종알대는 것처럼 수다를 떨며 걸었다. 무슨 할 말이 그리도 많은지 제법 먼 길이었는데도 금방 도착했다.

하천 둑에서 아래를 내려다보니 차로 통학을 할 때 아무 생각 없이 지나쳤던 개울이 깨끗한 모래로 가득한 맑은 물의 모습으로 눈에 들어왔다. 모래로 위를 흐르는 시냇물은 틀림없는 1급수로서 작은 고기들이 떼를 지어 다니는 것이 멀리에서도 보였다.

그곳은 음성과 사리에서 흐르는 물이 도안에서 합쳐서 증평을 경유해 금강으로 흐르는 강의 상류였고, 저만치 아래 동네에 사는 어린 학생들이 알몸으로 물놀이를 하고 있는 것도 보였다.

물을 내려다보는 순간 동심으로 돌아가 누가 먼저랄 것 없이 경쟁하듯 맑은 물로 뛰어들어 장난을 시작했다.

한참을 놀다 보니 모래 속에 숨어 있던 고기들이 놀라 꼬리를 급히 흔들면서 저만치 도망을 가서 모래 속으로 숨는 게 보였다. 간혹 모래무지가 발에 밟히기도 했다.

본래 목적을 망각하고 1시간 정도를 정신없이 놀다보니 벌써 지치기 시작했다. 우리는 정신을 차리고 고기를 잡기로 하고, 신나게 놀던 물을 거슬러 올라갔다. 내가 반도를 잡고 친구들은 앞에서 고기를 모는 방법으로 한 번에 한두 마리씩 잡기로 했다.

그렇게 고기잡이를 시작하자마자 제법 많은 고기가 잡혔는데, 우리는 잡히는 순서대로 배를 따서 오물을 제거하고 곧바로 날회로 먹기 시작했다. 처음에는 다들 먹지 않겠다고 하다가 한두 명이 먼저 먹고는 맛있다고 권하자 얼마 지나지 않아 서로 먹겠다고 달려들었다.

작은 피라미는 먹기가 괜찮았지만, 잔뼈가 많은 붕어와 조금 큰 물고기는 회를 잘 먹는 나도 망설임이 있었다. 하지만 먹다 보니 무슨 상관이랴. 족족 먹다 보니 미꾸라지도 먹기 시작했는데, 고기가 팔딱거리면서 고기 꼬리에 묻은 초장이 얼굴에 튀어

서로 쳐다보고 웃기도 했다.

모두 신이 나서 정신없이 개울을 달리고 넘어지고 몰다 보니, 약 2킬로미터 정도 물길을 거슬러 올라온 듯했다. 우리는 반바지만 입은 거의 반나체 꼴이었다. 반바지는 진흙이 잔뜩 묻어 세탁을 해도 흙물이 빠지질 않을 것 같았다.

그렇게 시끄럽게 고기를 잡다가 버드나무 밑 그늘에서 잠시 쉬어 체력 보충을 하고 다시 시작하고 또 쉬고를 반복하면서 저녁 무렵이 되어서야 집에 돌아왔다.

그때의 고기잡이는 무척 인상적인 기억으로 남아 있다. 그것은 우리에게 주어진 첫 자유의 느낌, 미지의 개울로의 여행이었기 때문이다. 익숙한 동네를 떠나 먼 동네 개울에서 함께 즐기면서 우리의 미래에 더 넓은 세상이 있다는 것, 앞으로 더 행복할 일도 많을 거라는 사실을 막연하게 느꼈던 듯하다. 또한 이런 내 자유를 위해 스스로를 희생하고 있는 가족들에 대한 감사도 더 커질 수 있었다.

집을 떠나 그리움을 키우고 시야를 넓히는 일은 그 사람이 더 크게 자랄 수 있는 자양분이 된다. 그리고 이런 경험을 몸소 한 나는 때로는 불안하고 괴로워도 아이들에게 최대한의 자유를 주기 위해 노력한다.

만일 자식이 집을 떠나겠다고 말한다면, 그것을 말리지 말아야 한다. 쉽게 그렇게 되지 않는다면 한 가지를 생각하라. 내가 어릴 때 집에서 떨어졌을 때 어떤 느낌이 들었는지를 말이다. 그것이 아늑하지만 좁은 부모의 품을 벗어나 세상이라는 스승 밑에서 배울 수 있는 절호의 기회였다는 점을 나 스스로도 알고 있지 않은가.

땀과 노력은 거짓말을 하지 않는다

고등학교에 들어가면서 재밌는 사실을 알게 되었다. 주변에서 우리 학교를 일명 짱돌 공고, 벽돌 공고라고 부른다는 점이었다.

왜 이런 우스꽝스러운 별명이 붙었는지 추측은 이러했다. 당시는 어려운 시절이다 보니 어느 학교나 학교 시설 보완이나 자재 확충을 할 때 어려움이 많았다. 정부 보조도 거의 없는 상황이라 학교 재정이 어려웠기 때문이다. 그도 그럴 것이 얼마 안 되는 등록금을 못 내서 미루는 학생들이 많던 시절이었다. 그러니 학교 재정 상태는 불 보듯 뻔했다.

그런 상황에서 무언가 건축물을 지으려면 불가피하게 학생들을 최대한 동원해 부족한 재원을 자급자족할 수밖에 없었다.

건축을 공부하는 학생들이 많다 보니 일꾼들 대신 학생들의 실습을 아예 학교 내에서 하는 식이었다.

실제로 그런 방법은 학교 측 입장에서 보면 가장 수월한 해결 방법이자 재정에도 보탬되는 일이었다. 또한 학생들도 그런 실습을 통해 각자 기술을 습득하면서 발전할 수 있었다.

매년 여름방학마다 학교에서는 시설물을 교체 또는 보수하는 작업이 시작되었다. 그리고 방학 때 짬을 낸 학생들이 직접 이 일을 했다. 한번은 운동장 스탠드와 교단을 설치하기 위해 벽돌 찍기를 해야 했다. 학년별, 학급별로 등교 일을 정하여 몇 주간 하기 시작했다.

제일 힘든 일은 재료 모으기였다. 하루 분으로 주어진 벽돌을 제대로 만들려면 충분한 자갈과 모래가 필요했던 것이다. 한여름 뜨거운 땡볕이 내리쬐는 날. 학교와 상당히 먼 거리에 있는 개울에 가서 자루나 보자기 등에 자갈과 모래를 가득 담아 들고 오다 보면 파김치가 되었다.

그리고 우리 학교 별명은 바로 여기서 나온 게 아닌가 싶다. 학생들이 보자기와 자루에 골재를 담아 땀을 뻘뻘 흘리며 열 지어 오는 걸 보고 누군가 짱돌 공고라는 별명을 붙였을 테고, 학생들은 벽돌 찍어내는 힘겨운 일들을 빗대어 자기 학교를 벽돌 공고라고 부른 건 아니었을까.

또한 지금은 철거되고 새 건물이 지어졌지만, 처음 설립될 당시 전체의 건물을 붉은 벽돌로 지어졌기 때문에 벽돌 공고라 했을 수도 있다.

그러나 어느 쪽이든간에, 나는 그 별명이 영 싫지만은 않았다. 당시 선생님들께서 수업 시간마다 늘 강조하시는 말씀이 있었다. 나라의 흥망성쇠는 건설 경기에 달렸다, 그러므로 건설의 역꾼인 너희들이 훌륭한 기술자가 되도록 열심히 잘 배워서 경제를 책임져야 할 것이며 특히 그 중앙에 건축이 있음을 한시도 잊지 말고 긍지를 갖고 공부하라고 말이다.

비록 어린 고등학생이었지만, 나는 벽돌을 한 장 한 장 친구들과 찍어내면서 건축이야말로 어떤 잔꾀도 없이 땀과 노력으로 일궈나가는 정직한 일이라는 자부심을 가졌던 것 같다.

하나의 건축물을 지을 때 조금이라도 잔머리를 굴리거나 꼭 필요한 과정을 빼먹게 되면 어떨까? 아마 그 건물은 우르르 무너지고 말 것이다. 즉 건축은 바닥부터 차근차근 하나도 소홀함 없이 절대 잔꾀부리지 않고 해야 하는 일이다.

비단 건축뿐인가? 땀과 노력은 다른 일들에서도 절대로 거짓말을 하지 않는다. 집 한 채를 짓는 마음으로 자기 일을 해나가다 보면 그 일은 반드시 좋은 결과를 가져올 수밖에 없다.

　어린 까까머리 학생 때부터 실전에 임하면서 다져진 것은 기술뿐만이 아니었다. 한여름 땡볕 아래 노동 속에서, 인생 전체를 바라보는 태도 또한 다져졌다. 무엇이든 정직하고 성실하게 임해야 좋은 결과를 볼 수 있다는 견고한 마음가짐도 자라났다. 실제로 우리 학교는 전국적으로 공고 졸업생 중 성실성을 많이 요구하는 공무원을 가장 많이 배출한 학교이다. 그리고 비단 공무원이 아니라도 나와 함께 공부한 많은 친구들은 누구보다도 성실한 태도로 자기 삶을 꾸려가고 있다.

　그리고 전교생이 피와 땀으로 찍어낸 벽돌들로 만들어진 그 스탠드와 교단은 지금도 웅장하게 그 자리에 서 있다. 세월은 많이 흘렀지만, 가끔 학교를 찾아 후배들이 그것을 잘 사용하고 있는 걸 볼 때면 마음 한 구석이 더 없이 따뜻해진다.

| 4장 |

희망이라는 우산

훌륭한 어른으로 살아간다는 것은

나는 문과 계열의 공부를 좋아했지만, 이상하게도 국사 공부에는 젬병이었다. 나중에 공무원 시험을 칠 때도 국사 문제만큼은 높은 점수를 얻지 못했다.

흔히 선생님을 좋아하게 되면 그 선생님이 가르치는 과목도 좋아하게 된다는데 맞는 말이 틀림없다. 반대로 그 과목의 선생님이 싫으면 그 과목 또한 싫어진다.

내가 국사를 멀리하게 된 건 그럴 만한 이유가 있었다. 중학교 1학년 때의 일이다. 당시 우리 학교에는 운동부가 많았고 학생들 중 많은 수가 운동을 좋아했다. 그런데 운동부 학생들은 대다수 오후 수업을 안 받고 운동장으로 불려나가는 경우가 많았다. 수업을 받는 대신 나가서 따로 연습을 하게 되는 것이다.

당시 국사 선생님은 여자 선생님이었는데, 학생들이 운동을 한다는 명분으로 수업에 빠지는 것을 매우 싫어하셨다. 그리고 그런 일이 벌어지면 운동부 학생들을 가혹하게 다루셨다.

그날은 전날 오후 수업에서 내준 숙제를 검사하는 날이었다. 그런데 역시 운동부였던 나와 세 명의 친구들이 이 사실을 미리 알지 못해 과제물을 제출치 못하였다. 물론 그 이전에도 선생님 께서 우리에게 몇 번의 경고를 하신 바는 있었다. 그런데 그게 왠지 앙심처럼 느껴져 섬뜩하던 차였다.

역시 그날, 사건이 벌어졌다. 선생님은 그간 벼르고 벼려 오신 듯 화가 잔뜩 나셨다. 그리고는 우리를 앞으로 나오라 하여 손바닥을 치기 시작했다. 그저 매를 맞는 것이라면 그냥 이골이 난 것이니 참고 맞으면 됐다. 그런데 선생님이 느닷없이 가방에서 회초리를 무려 한 다발이나 꺼내시는 것이 아닌가. 그리고는 그걸 교탁 위에 놓고는 한 명씩 한 명씩 인정사정을 보지 않고 휘두르기 시작하는데 그 기세가 너무 살기등등해서 소름이 끼칠 정도였다.

매가 하나씩 부러지면서 우리들도 앙심과 오기가 생겼다. 잘 못했다고 빌지 않고 끝까지 맞아 보자고 서로 눈빛으로 사인을 주고받았다.

선생님은 우리가 어느 정도 맞으면 피하거나 엄살을 부릴 줄 아셨던 것 같다. 하지만 우리 넷은 그 많은 회초리가 다 부러질 때까지 버텼다. 그러자 선생님은 분이 덜 풀렸는지 얼굴이 울그락불그락해졌다.

매가 다 부러지자 우리는 선생님께 앞으로 국사 시간에는 수업을 듣지 않겠다고 말한 뒤 밖으로 나가 버렸다. 그러자 선생님은 울면서 교무실로 향하셨고, 그 이후로 국사와는 담을 쌓게 되었다.

선생님들 간 소통이 안 되다 보니 운동부 학생들은 본의 아니게 피해를 보고, 학생의 본분인 공부를 다 하지 못하는 계기가 되었으며, 평생 선생님에 대한 안 좋은 기억만 남게 되는 결과가 되었다.

물론 지금 생각하면 선생님도 얼마나 답답하셨을까 싶기는 하다. 그러나 진정한 어른은 자신의 불만을 내세우기보다는 아이들을 배려한다. 진정한 선생님은 학생에게 화풀이를 하지 않는다. 나도 때로는 내가 나쁜 어른은 아닌지, 아이들에게 분노를 일으키는 나쁜 면을 가지고 있지 않은지 스스로 검열해볼 때가 있다.

사실 아이들의 잘못을 묵묵히 보아 넘기고, 알아들을 때까지 차분하게 설명하는 일은 그야말로 피 마르는 노동에 가깝다. 그래서 훌륭한 어른이 된다는 것은 어려운 일이며, 그래서 해볼 만한 일이 아닐까 싶다.

훌륭한 어른이 되는 것은 어떻게 보면 간단하다. 아이들에게 악한 마음이나 증오, 분노를 심어주지 않는 어른이 되는 것이다. 그렇게 훌륭한 어른을 많이 보고 자란 아이들이 나중에 커서 또다시 훌륭한 어른이 된다는 점에서, 아이들 앞일수록 항상 자신을 다스리고 조심해야 할 것이다.

배고픔이 힘이 되던 때도 있다

요즘세상에서는 돈이 없으면 낭만도 없고 휴식도 없다고 말한다. 적어도 내가 살던 때는 그렇지 않았다.

초등학교 3학년 봄날이었다. 운동부 선생님께서 각 반별로 운동장에 집합을 시킨 후 100m 달리기, 넓이 뛰기, 오래 달리기를 시켰다. 그리고 키도 크고 운동을 할 줄 아는 친구들을 무작위로 세 명 뽑은 다음, 다시 키는 작지만 달리기를 잘하는 두 명을 더 선출해 오늘부터 무조건 운동을 하라고 하셨다. 종목은 배구, 달리기, 넓이 뛰기 등이었다.

운동을 하면 무엇이 좋고 어디가 어떻고 장래가 보장된다는 등 한참 동안이나 운동의 중요성과 정당성을 설명하셨지만, 그보다 큰 호소력을 가지는 게 있었다.

배고프던 그 시절 아이들에게는 거절할 수 없는 엄청난 유혹인, 빵과 우유와 달걀을 매일 하나씩 준다는 것이다.

1960년대부터 1970년까지는 국내 제과 산업의 정착기다. 식량 부족으로 인한 정부의 분식장려운 동이 식생활 개선이라는 명목으로 홍보되면서 아동급식제가 실시되는 등 국내 경제 수준도 향상됐다. 동시에 빵이나 과자 산업도 함께 발전할 수 있는 사회적 여건도 마련되었다.

당시의 밀 소비 추이를 보면 쌀을 위시한 대부분의 양곡 소비량은 감소했지만 밀의 경우는 1960년대 이후 소비량이 지속적으로 증가했다. 그리고 이처럼 1인당 밀 소비량이 증가하면서 자영 제과점과 프랜차이즈 베이커리 업체와 양산 제빵 업체가 성장하기 시작하였다. 이를테면 1970년에는 한국 콘티넨탈식품이 콘티빵을, 1972년에는 한국 인터내셔널공업이 샤니빵을 각각 생산했다.

아무튼 그 중에 선발된 학생이었던 나는 선생님의 제안을 덥석 받아들고는 아주 신이 났다. 그래서 부모님께 말씀도 안 드리고 운동을 시작했고 그 유혹적인 음식들은 매일은 아니지만 꾸준히 지급되었다.

지금 생각해봐도 이해가 안 되는 것은 당시 학교도 경제 사정이 안좋았을텐데 어떻게 빵과 우유를 지급했느냐였다.

그러나 당시 선생님들은 영리하신 분들이 틀림없었다. 전교생을 통해 그 급식 값을 해결하는 술책을 이용하신 것이다.

방법은 이러했다. 전교생에게 집에서 키우는 닭의 알을 한 개씩 갖고 오게 하던가, 그렇지 못한 학생들에게는 장작을 3개씩 갖고 오도록 한 것이다. 날마다 운동을 하는 것은 분명히 힘든 일이었지만, 다른 아이들이 먹지 못하는 음식을 먹을 수 있다는 기다림과 즐거움 덕에 오히려 힘이 불끈 솟았다.

그런가 하면 우유와 옥수수 빵과 건빵에 얽힌 이야기도 있다. 당시 우리 학교에서는 가정형편을 조사해 사정이 안 좋은 학생들에게 굳은 우유와 옥수수를 급식으로 지급했다. 당시 빵차가 1주일에 한 번씩 빵을 잔뜩 싣고 나타났는데 내 경우는 그 급식 대상에서 제외된 상황이었다. 그게 억울해서 운동을 시작하게 된 것이기도 했다.

그런데 빵 차가 들어오는 시간은 학생들이 전부 하교하고 선수들만 운동장에 남아 있는 시간이었다. 그러다 보니 자연스레 우리가 우유와 빵을 옮기는 일을 돕게 되었다. 당시 우리 학교에 들어오던 빵 차는 시동을 걸려면 요란스러웠다. 차의 맨 앞 본네트에 구멍이 있는데 그곳에 맞게 제작된 긴 쇠막대를 집어

넣고 힘껏 돌려야 했다.

운전기사님은 매번 이걸 하려니 힘이 드는지, 우리에게 약간의 빵을 주는 조건으로 쇠막대를 돌려달라고 부탁하곤 했다.

"이번에는 누가 할래?"

기사님은 일부러 우리를 경쟁시켜 놓고 우리 얼굴을 살폈다. 그러면 여기저기서 "저요! 저요!" 손을 들었다. 여럿이 힘을 합쳐서 기다렸다는 듯이 쇠막대를 돌리면, 어김없이 우리 손에 그 통통하고 향기로운 빵을 쥐어 주셨다.

그 답례품에 기분이 한껏 좋아지고 배까지 부르니, 매주 그 시간이 기다려지던 기억이 난다.

하루는 운동을 끝내고 친구들과 딸가닥 거리는 도시락을 싼 책보를 둘러메고 걷고 있을 때였다. 큰 트럭이 비포장도로를 덜커덩거리며 과속으로 지나가고 있었다.

늘 보아 오던 건빵 차였다. 그런데 왠 떡인가. 먼지가 걷힌 도로 위로 제법 많은 건빵들이 나뒹굴고 있었다. 요철이 심한 도로를 달리다가 밧줄과 밧줄로 묶은 사이의 중간에서 종이가 뜯어져 건빵들이 떨어진 것이었다.

달리기를 좋아하던 우리들은 차 뒤를 선두 다툼하듯이 달리면서 봉지를 줍고 달리고를 반복했다. 말 그대로 횡재한 우리는 개울가에서 그 건빵을 먹었다. 서로 재잘대며 까불다가 건빵에 목이 메면 개울물을 마시고 남은 건 집으로 가져왔다. 당시 그 차의 운전기사 아저씨는 어떻게 되었을까 걱정도 된다.

지금 다시 그 시절로 돌아가 늘 배고프고 허기지라고 하면 못할 것 같다. 그러나 배고픔도 삶의 일부로 자연스럽게 받아들이고 인내심을 키우면서, 그 와중에서도 즐겁게 지냈던 그 기억들은 그 어떤 산해진미와도 바꿀 수 없는 소중한 기억들이다.

배가 고프다고 한탄하기 전에, 그 배고픔을 극복하는 길이 있다. 어린아이들이 그러하듯 어려움 속에서도 삶을 즐기는 단순성과 긍정성을 가지는 것이다. 어른과 아이가 있을 때, 똑같이 배가 고파도 어른은 울고 아이들은 웃으며 자란다는 소중한 진리를 기억하자.

한 치 앞도 알 수 없는 인생길

만일 우리에게 미래를 알 수 있는 힘이 주어진다면 어떨까? 좋고 행복하기도 하겠지만 때로는 불행할 것이다. 사람살이의 즐거움도 모를뿐더러 다가올 불행을 미리 알아 괴로워질 것이 분명하기 때문이다.

고등학교에 들어가면서 이른바 사춘기가 내게 찾아왔다. 철없이 뛰어놀던 어린아이에서 벗어나 인생이라는 것에는 책임과 더 깊은 고민이 필요하다는 것을 알게 되었다. 나아가 자신에 대해서도 골똘히 생각하는 날들도 많아졌다. 특히 그 무렵 겪었던 죽음의 경험은 내 마음에 충격적이면서도 선명한 흔적을 남겼다.

나는 고등학교에 들어가면서부터 버스로 학교를 오가는 버스 통학을 시작했고, 한 1년을 오가다 보니 나중에는 버스에 익숙해지기 시작했다.

당시 잠이 부족했던 학생들은 등하교길 버스만 타면 졸기 시작했다. 비포장도로에서 덜컹거리는 차 안에서도 쿨쿨 잘 자면 고학년 학생, 깜짝 깜짝 놀라며 깨는 학생들은 신입생들이었다.

그날도 너도 나도 모두 졸면서 등하교를 하는데 학교 가는 길에 지나는 읍내 진입로에 다다랐을 때였다. 그 진입로에는 철도 건널목이 있었는데 이 철도를 지날 때면 소스라치도록 덜커덕하고 차체가 튀어올라 이 지점에서는 다들 정신을 차리고 내릴 준비를 하곤 했다. 집으로 오는 길에서도 마찬가지였다. 잠시 올라갔다 시원하게 내려가는 느낌에 눈을 뜨게 되곤 했다.

어느 초여름 날, 그날도 학교 가는 버스 안은 학생들로 대만원을 이루었다. 우리는 제일 앞쪽 정류장에서 이 버스를 타기 때문에 편안하게 앉아서 오지만, 고개를 넘기 전부터는 대부분 만원이 되고 만다.

그날도 의자에 앉아서 졸면서 오는데 소스라칠 일이 벌어졌다. 갑자기 차가 끼익 소리를 내면서 급정거를 했다. 그 순간, 덜컹 하면서 바퀴로부터 수박을 터트리면서 넘는 듯한 기분 나쁜 느낌이 전해졌다. 철도 건널목을 10여 미터 앞에 둔 지점이였다. 우리는 기차가 달려와서 버스가 선 게 이닐까 생각했다. 그런데 갑자기 안내양이 문을 열다가 소리를 지르면서 눈을 가리고 주저앉는 것이 아닌가. 또한 다른 여학생들도 소리를 지르면서 도망치듯이 달려가기 시작했다. 이어서 남학생들조차도 비명을 지르며 학교로 내달렸다.

깜짝 놀라서 창밖을 보니 자전거 두 대와 중학생으로 보이는 남학생 한 명이 버스 왼쪽 바퀴 쪽으로 넘어져 있었다. 직감적으로 누군가 죽었구나 하는 생각이 들었다.

우리는 부랴부랴 내려서 차 밑을 바라보았다. 차마 두 눈으로 보기 두려운 일이 일어나 있었다.

버스와 반대 방향 도로를 이용해 자전거를 타고 학교를 가던 중학생 둘이 장난을 치다가 좌측으로 넘어졌고, 그 순간 안쪽에서 가던 학생이 버스와 부딪치면서 머리가 뒷바퀴 밑에 깔린 것이다.

기사님이 차를 세워두고 파출소로 가서 신고를 했다. 우리는 놀란 가슴을 진정시키면서 학교를 향해 부지런히 걸었지만 발걸음이 무겁고 다리에 힘이 풀려 답답할 정도로 종종걸음이 되었다. 그날은 하루 종일 공부는 물론 도시락을 먹을 생각도 못했다.

그런데 나중에 들은 이야기가 더 황당했다. 그날 사고로 사망한 학생은 3대 독자인 데다가, 그 학생의 아버지와 운전기사는 둘도 없는 친구로 지난주에도 집에서 모임을 열고 만났다는 것이다.

그 이야기를 듣자 세상살이가 이렇게 아이러니한 건가 싶었다. 정말로 앞날은 아무도 모르고 세상에서는 이 말고도 놀랍고 엉뚱한 일이 얼마든지 벌어질 수 있는 곳이라는 것을 깨달았다. 그리고 기억 속에서 지워지지 않고 남아 있는 그 철도 건널목의 풍경은 살면서 마주치는 괴로운 상황 때마다 내 머릿속에 떠오르곤 했다.

우리는 자신이 항상 옳은 길을 가고 있고, 자신의 힘으로 자기 인생을 꾸려갈 수 있다고 믿는다. 그러나 운명의 일부는 우리 자신이 아닌 하늘이 가진 것이다.

갑작스러운 사고, 그리고 예기치 못한 사건들의 위험도 있을 수 있고, 우리가 원치 않는 곳으로 우리 자신이 끌려갈 수도 있다는 점을 겸손하게 인정하고 받아들이지 않는 사람은 그 운명으로부터 크게 상처받고 주저앉게 된다.

그날의 죽음은 너무도 안타까운 것이었지만, 그날 이후 나는 좀 더 내 삶에 대해 고민하고 더불어 겸손함을 키울 수 있었다.

그리고 누구에게나 나의 이 기억과 같이 깊은 상처이지만 삶을 되돌아보게 만드는 기억들이 있을 것이다.

그 기억들을 통해 삶에 대한 태도를 정비하는 것, 어떻게 보면 그것만이 갑자기 닥쳐오는 불행에 대처할 수 있는 유일한 방법인지도 모르겠다.

따뜻한 밥상이 희망이다

흔히 밥상이 행복하면 그 집안에 희망이 있다고 말한다. 그러나 그렇게 밥상이 늘 행복하기도 어려울뿐더러, 때로 밥상이 싸움터가 될 때도 있다. 그게 모자라고 완벽하지 못한 인간사의 자연스러움이 아닐까?

다만 내게는 저 위의 말에 고개를 끄덕끄덕하게 될 만큼 선명하게 기억나는 몇 번의 식사가 있다. 바로 실습 나갔던 첫 직장을 그만두고 집으로 돌아와 마주한 가족들 간의 밥상이다.

첫 회사의 상사들은 내가 그만 두게 되자 십시일반해서 차비를 마련해 주었다. 그런데 그 차비가 무려 3만 원, 당시 쌀 한 가마니 값이었다. 나는 그 돈으로 충분히 차비를 쓰고도 남아 돌아가는 길에 돼지고기 다섯 근과 수박 한 통을 샀다.

나는 돈을 벌면 제일 먼저 하고 싶은 꿈이 하나 있었다. 바로 돼지고기를 많이 사서 식구들과 배불리 먹는 것이었다. 남들은 부모님 속옷을 산다고 했지만, 상황이 상황인 만큼 내 경우는 먹는 것이 가장 귀한 것이라고 생각하고 있었다.

한여름의 무더위로 온몸이 땀에 흠뻑 젖었지만 마음만은 가벼웠다. 집에 들어서는데 점심 식사를 하려고 마루에 앉아 계시던 어르신들이 갑자기 도착한 나를 보고 깜짝 놀라셨다.

나는 의기양양하게 손에 들고 있던 고기를 누나에게 건네 주었다.

"누나, 이거 찌개 만들어서 점심에 먹자."

누나는 내가 턱 하니 안겨주는 고기를 받아들고 깜짝 놀라는 눈치였다.

"웬 고기야? 네가 돈이 어디 있어서."

"어쩌다가 사게 됐어. 맛있게 해줘요, 응?"

그런 뒤 나는 웃옷을 벗고 서둘러 등 목욕을 했다. 집안 어른들이 어쩐 일인가 궁금해 하시는 눈치가 역력했기 때문이다. 그런 뒤 나는 어른들에게 그 동안의 자초지종을 말씀드렸다. 한참을 듣고 계시던 할아버지께서 말씀하셨다.

"차비를 마련해주신 분들과 물심양면으로 도와주는 분들을 생가해서라도 멀리 떨어져 생활하더라도 혼자가 아니라는 걸 잊어서는 안 된다. 무엇보다도 그 고마움을 잊으면 안 될 것 같구나.”

한참 화기애애하게 첫 직장에서 있었던 일들을 이야기하는데 어머니께서 물으셨다.

“그래, 오늘 또 가야 하니?”

“네, 점심 먹고 그 동안 하숙했던 청주에 가서 책과 이불을 챙겨서 올게요. 내일은 곧바로 새 직장이 있는 이천으로 가야 해요.”

그때였다. 어머니가 눈물이 핑 도는 말을 꺼내셨다.

“혼자 갈 수 있겠어?”

그 말에 갑자기 목이 메었다. 험한 세상에 항상 어리게만 보이던 막내아들 보내는 것이 얼마나 가슴 아프셨을까. 아마 어린 애를 물가에 보내는 심정이셨을 것이다. 부모님이 보시기에는 내가 항상 어린 자식이었으니 당연한 일이었다.

어머니뿐만 아니라 아버지도 항상 어리다고 보던 자식이 홀로서기를 하려는 모습을 지켜보면서 마음이 무거우신 것 같았다. 나는 일부러 웃으면서 말했다.

“걱정하지 마세요, 어머니. 내가 뭐 어린애인가. 나도 다 컸

어요."

　나도 마음속으로는 불안감이 있었지만 내색하기가 싫었다. 그래서 일부러 더 활달하게 웃으며 제스처도 크게 했다.

　내가 어른들과 다른 형제들과 이야기를 나누는 동안 밥상이 들어왔다. 누나가 고기를 고추장에 묻혀서 빨간 찌개를 만든 것이다. 그 푸짐한 밥상을 보는 순간, 알 수 없는 뿌듯한 감정이 밀려들었다. 내가 좋아하는 걸 묵묵히 보시던 아버지께서 "그럼 더위가 좀 누그러지면 가도록 하고 점심이나 얼른 먹자." 하시고는 수저들을 드셨다.

　서로 먼저 고기를 먹지 못해서 쭈볏거리는데, 어머니가 말씀하셨다.

　"이렇게 맛있는 고기는 처음 먹어본다. 정말로 맛있구나. 너도 얼른 먹어 봐라."

　나를 바라보는 어머니의 눈가에 눈물이 맺혀 있었다. 나는 그걸 보고도 모른 체 고개를 푹 숙인 채 "정말 맛있네요." 하면서 부지런히 먹기만 했다. 그러나 이미 고기 맛이 어떤지 입으로 넘어가는지 코로 넘어가는지 모르게 되어버렸다.

　그 밥상은 지금까지도 내게 있어 최고의 밥상이자 희망의 밥상이다. 고기 한 근 제대로 먹기 어려운 상황에서 고기를 먹어서가 아니라, 처음으로 내 노력으로 부모님과 조부모님께 차려 드린 밥상이었기 때문이다. 그리고 그것은 앞으로도 열심히 살아 이런 밥상을 몇 번이고 더 차려드리겠다고 다짐하는 약속의 밥상이 되었다.

이제 조부모님은 돌아가셨다. 그 은혜를 갚을 길이 없다. 그리고 나를 늘 걱정하고 사랑해주는 부모님을 위해 나는 지금도 매주 토요일 부모님을 찾는다. 휘발유 차량을 운전하느라 몇 년여 동안 기름 값만 천만 원을 쏟아 부었지만 하나도 아깝지 않다.

매주 토요일만 되면 나를 기다리시는 두 분은 평소 좋아하시는 중국 요리 집에서 자장면을 드시다가도 그 자장면을 내 그릇에 덜어주신다. 그럴 때마다 이 날의 밥상이 생각나 마음속으로 울면서 돌아온다. 백발의 노인이 되어서도 부모님과의 밥상 앞에서 자식은 늘 빚진 죄인이자 사랑 그 자체이기도 한 것이다.

일단 시작하면 그것이 길이 된다

내게 가장 두렵고도 설레던 때가 언제냐고 묻는다면 곧바로 첫 실습을 준비하던 때라고 말하고 싶다.

큰형의 사업이 부도가 나면서 집안 형편이 급격하게 어려워졌을 무렵, 나는 자퇴를 결심했다가 어렵게나마 1학기를 다니게 되었다. 당시 선생님께서는 2학기가 되면 실습을 나가 돈을 벌 수 있다고 말씀해 주신 차였다. 그 힘겨운 1학기도 지나 벌써 6월 초가 되었을 무렵이었다.

어느 날 담임선생님께서 연초에 내게 하셨던 약속을 기억하냐며 교무실로 오라고 하셨다. 나는 여름방학이나 되어야 실습을 나가리라 생각하고 있던 차에 놀라기도 하고 좋기도 해서 어안이 벙벙해졌다.

선생님은 나를 앉혀 놓고 몇 군데 찾아두신 곳들을 말씀해 주셨다. 특히 국내 스포츠와 건축을 동시에 하는 건설회사가 좋아 보이니 여기에 실습을 나가보라고 권유하셨다. 사무실은 서울 무교동에 있는데 일단 전화부터 해야 한다며 번호를 적어주셨다.

선생님의 고마운 배려 덕에 촌놈이 서울에 가서 일을 하게 될 찰나였다. 그런데 이상했다. 서울에 가서 일을 하게 된다는 설렘도 있는 한편 두려움이 앞섰다.

6학년 소풍 때 한번 가보고 처음 서울을 가게 되었으니 겁이 날 만도 했다. 특히 서울에는 아는 친척도 없고 살 집도 준비가 안 된 상태였다.

그럼에도 나는 우선 전화를 해서 여건과 조건을 확인하기로 하고 우체국으로 갔다. 당시에는 전화가 귀한 시절이라 우체국에나 가야 전보나 전화를 쓸 수 있었다.

게다가 전화도 처음 해보는 것이라 뭘 어떻게 해야 하는지 알 수가 없었다. 우체국 직원에게 사정을 말하자, 친절하게도 손수 시범을 보여주겠다며 별도로 마련된 부스로 따라 오라고 하셨다.

두 개의 부스는 칸막이로 나누어져 있고, 각 방마다 검은 전화기가 설치되어 있었다. 수화기를 들고 오른쪽 손으로 길게 나와 있는 쇠붙이를 잡고 몇 바퀴 돌리니 교환원 목소리가 들렸다.

"어디로 전화하시지요?"

묻는 소리가 들렸지만 떨려서 입이 떨어지지 않았다. 저쪽에서 또 다시 물어오고 나서야 나는 더듬더듬 간신히 "서울인데유." 하고 기어들어가는 목소리로 말했다.

"서울 몇 번인가요?"

선생님께서 적어주신 번호를 불러주니 잠시 기다리라고 했다. 잠시 후 전화벨이 울려 수화기를 드니 교환수가 연결되었다고 말하고는 다시 전화를 끊었다.

수화기에서 흘러나온 목소리는 아주 예쁜 여자 목소리였다.

"무엇을 도와드릴까요?"

부끄럽기도 하고 신기하기도 하고 무섭기도 해서, 그만 가슴이 철렁 내려앉았다.

"아, 예. 거기로 실습을 나가라고 하는데 어떻게 해야 되나요?"

"조금만 기다려 주세요, 담당자 분을 바꿔 드릴게요."

잠시 후 수화기에서 걸걸한 남자 목소리가 흘러나왔다.

"네, 무슨 일입니까?"

나는 잔뜩 주눅이 들어 말이 꼬이기 시작했다. 내가 우물쭈물하자 다짜고짜 "거기 누구시오? 뭐 때문에 전화했다고?" 하고 큰 소리가 흘러나왔다.

"저, 여기 증평인데요. 학교에서 그리로 실습을 나가라고 해서요."

"몇 학년인데?"

"3학년인데요."

그러자 성질이 급해 보이는 그 남자 직원은 잔뜩 겁부터 주었다.

"이 녀석! 공부나 더하지 뭐 하러 공사장 현장에 오느냐? 현장에서 쓰는 노가다 용어 공부했어? 다루끼, 삼선각 이런 거 말이다."

"아직 안 했는데요."

"서울에서는 어디에서 머물게?"

"아직 모르겠어요."

처음부터 나를 애송이라고 생각해서인지 그는 달가워하지 않는 눈치였다. 그는 한참을 퍼부은 뒤에 이렇게 말했다.

"현장에서 매일 욕먹고 심부름만 할 각오가 되어 있으면 올라와. 아니면 공부 열심히 해서 기술자로 오던지. 우리 회사는

148

서울역에서 가까운 곳에 있으니 오게 되면 거기서 전화해."

그리고는 뚝 전화를 끊어 버렸다. 나는 전화를 끊고 사색이 되어서 전화 부스를 나왔다. 그렇지 않아도 내키지 않던 차에 그의 말은 오지 말라는 뜻으로 들렸다.

그날 나는 내내 주눅이 들어 있었다. 처음 사회로 나가려는데 시작부터 난관이라니, 두려움만 점점 커졌다.

다음 날 나는 선생님을 다시 찾아뵙고 어제 일을 설명드렸다. 그러자 선생님께서도 "그래, 그런 데는 가면 고생한다. 다른 곳을 알아보자."고 선뜻 말씀하셨다. 그리고는 실기도 좋지만 이론을 할 수 있는 곳으로 추천해주시겠다고 말했다.

사실 실습을 나가기로 결정한 뒤, 내 마음은 온통 사회에 대한 기대와 동경으로 가득 차 있었다. 나뿐만 아니라 다른 친구들도 마찬가지라서 우리는 모였다 하면 실습에 대한 이야기들을 쏟아냈다.

한 번도 안 해본 일들을 마치 진짜 겪어보기라도 한 것처럼 논리정연하게 설명했다. 언변 좋은 친구가 얘기를 시작하면 모두가 몰입이 되어 시간 가는 줄도 몰랐다.

그런데 막상 일이 이렇게 되고 보니 서럽고 슬픈 마음만 들었다. 친구들에게 뭐라고 이야기해야 할지, 부모님께 실망을 드려서 죄송스러운 마음뿐이었다.

그러나 다행히 며칠 후 전화위복의 기회가 왔다. 선생님께서 청주에 있는 연초 제조청에 가서 실습을 해보지 않겠냐고 다시 추천을 해주신 것이다. 조건도 현장보다는 훨씬 좋았다.

기본으로 교통비와 약간의 용돈을 받을 수 있고 6개월 정도 근무를 하게 되면 정식 직원인 공무원으로 채용될 수 있다는 것이다.

나는 구원을 만난 기분이었다. 두려운 마음은 여전했지만 무엇보다 사무실에서 근무하면서 일도 배울 수 있다는 이점에 선뜻 가겠노라고 말씀을 드렸고, 그렇게 사회생활의 첫 단추를 꿰게 되었다. 집에 와서 부모님께 말씀을 드리니 나는 웃고 있는데 두 분은 다소 슬픈 표정이었다.

"네 뜻이 정 그렇다면 어쩔 수 없구나. 하루라도 먼저 사회생활을 한다고 생각하고 그렇게 하려무나. 많이 못 해줘서 미안하다, 춘묵아."

그러나 나는 두 분께 환한 웃음을 보이면서 걱정하지 마시라고 몇 번이나 말씀드렸다. 지금껏 소중히 키워주신 것만 해도 갚을 수 없는 은혜라고 말이다.

그리고 두 분 아들인 제가 앞으로 얼마나 성실하게 살아가는

지 지켜봐달라고 말씀드렸다. 그렇게 나는 안락한 둥지를 떠나 새로운 세상으로 날아가려는 순간이었다.

사실 새로운 세상으로 나가는 것이 두렵지 않은 것은 아니었다. 그저 적당히 집에서 농사나 도우면서 지낼 수도 있었다. 아니면 실습을 미루고 좀 더 공부하고 싶은 마음도 있었다.

그러나 이미 주사위는 던져졌다. 내게 남은 것은 주어진 길을 얼마나 두려움 없이 떠나는가였다.

사실상 사람은 누구나 안정적인 삶을 살기를 원한다. 항상 해오던 대로 살고, 보던 사람을 보고, 하던 일을 하는 것이 가장 편하기 때문이다. 그러나 이렇게 안정적인 일상에 함몰된다는 것은 하나의 위험을 동반한다. 바로 새로운 삶을 개척할 수 없다는 점이다.

나는 이 당시 일찍 실습을 나간 것을 지금도 다행으로 여긴다. 지금 내가 이룬 모든 것의 첫걸음이 그 두렵고도 설레는 순간으로부터 나왔음을 믿어 의심치 않는다.

물론 길을 떠나는 것은 두려운 일이다. 그러나 떠나는 순간 우리는 알게 될 것이다. 그 첫걸음이 이미 절반의 성공이며, 아무리 먼 길도 한 걸음씩 내딛다 보면 언젠가는 목적지에 다다르게 된다는 것을 말이다.

| 5장 |

세상에 던지는 당당한 출사표

어른이 된다는 것

처음으로 어른의 길을 내딛는 것을 상징하는 단어가 뭐냐고 묻는다면, 나는 '첫 출근'과 '담배'라고 말할 것이다.

지금도 전공인 건축 일을 여전히 하고 있지만, 사실상 내가 처음 출근한 곳은 담배를 만드는 연초 제조청이었다. 회사 정문을 들어서려니 한 줄에는 남자들이, 다른 줄에는 여자들이 줄을 서서 검사를 받고 있었다.

내가 그들을 이상한 눈초리로 바라보고 그냥 통과하려하니 경비가 나를 불러세웠다.

"아, 예! 오늘 처음 출근하는 실습생인데요."

"그래? 그럼 자네도 남자 줄에 서서 검사를 받아야 해."

중요한 검문인가 싶어서 나도 맨 뒷줄에 서서 앞사람 행동들을 유심히 하나하나 살폈다. 그러다가 드디어 내 차례가 되었다.

검사관이 나를 위 아래로 보더니 "어떻게 오셨어요?" 하고 물었다.

"실습생으로 왔는데요."

그러자 그가 빙긋 웃으면서 말했다.

"아! 아직 학생이구나, 학생은 담배 안 피우지?"

나는 고개를 끄덕였다. 그래도 검사는 해야 하니 호주머니에 있는 물건을 바구니에 내놓고 두 팔을 위로 올린 채로 서 있으라고 했다. 시키는 대로 팔을 올리자 검사관이 머리 위에서부터 발끝까지 몸수색을 시작했다. 온몸을 샅샅이 뒤지면서 "당황스럽지?" 하더니 왜 그런지 이유를 설명해주었다.

듣자 하니 이곳에 다니는 직원들은 매일매일 출 퇴근 시에 검사를 받아야 했다. 혹시라도 담배를 가지고 나가거나 가지고 들어올까 싶어서다. 이곳이 담배 만드는 공장이다 보니 새로운 담배에 대한 정보 등이 유출되면 큰일이 난다는 것이다. 따라서 철저히 몸수색은 하지만 일단 안에 들어오면 얼마든지 담배를 피울 수 있다고 했다.

검사관이 덧붙였다.

"학생도 아마 담배를 배우게 될 거야."

그 말에 나는 설마 하고 웃고 말았다.

그렇게 행정과를 찾아가고 나자 어색하고 신기한 기분이었다. 내가 실습생으로 왔다고 신분을 밝히자, 먼저 소파에 앉아 신상명세서를 써야 한다고 했다.

양식에 맞춰 작성하고 나니 이번에는 담당 계장님이라는 분이 와서 확약서 및 보안 관계 등등의 중요성을 말해주었다. 또한 실습생이라 별도의 월급은 없지만 약간의 교통비는 지급되며 6개월 근무를 하고 나면 공무원으로 특채를 받을 수 있다고 귀띔도 해주셨다.

당신 내가 배정받은 부서는 영선과였는데, 잠시 후 영선과 여직원을 따라 2층으로 올라갔다가 그만 깜짝 놀라고 말았다. 10여 명의 직원들이 내가 올 것을 기다리고 환영하며 악수를 청해온 것이다.

나는 고맙기도 하고 놀라기도 해서 그만 얼굴이 빨개지고 말았다. 과장님께 먼저 인사를 하고 과 전 직원에게 깍듯이 인사를 하고 난 뒤 빈자리로 안내되었다. 그런데 놀랍게도 그 영선과에 나와 같은 건축 전공의 직원이 계장님을 포함해 두 명이나 있었다.

모든 것이 어리둥절해 눈을 어디다 두어야 할지 모르고 앉아 있자 나보다 나이가 조금 많아 보이는 남자 직원이 나를 불렀다. 얼마나 고마운지 벌떡 일어나 졸졸 따라가니 커피 한 잔을 권하면서 "이거 먹어 봤어?" 물었다. 나는 커피의 놀라운 맛과 그의 환한 웃음에 내심 안심이 되었다.

그는 내 할 일을 조목조목 가르쳐 주고, 내일부터는 오늘 보다 조금 일찍 나와서 같이 과 사무실 청소를 하자고 했다. 그는 공무원 2년차로 군대를 제대한 지 얼마 안 되었고 군대 가기 전에는 조치원에서 근무했다고 했다. 언뜻 보니 사무실에서 가장 막내인 것 같았다. 우리는 책상도 가까워서 두 줄의 책상 배열 중 복도 쪽 맨 뒷자리에 그의 자리고 바로 옆이 내 자리였다.

첫날은 그가 하라는 대로 하고 뒤를 따라다니다 보니 금방 시간이 갔다. 어르신들은 내가 불안해할까 싶었는지 사소한 일도 나를 불러 시켜주었고, 내가 빠르게 적응하는 것에 마음이 흡족해진 과장님은 "앞으로는 김기사라고 부르겠네." 웃으면서 말씀하셨다. 무슨 뜻인지 모르고 멍하니 쳐다보고 있으니 그건 정식 직원에게만 붙이는 호칭이라는 것이다.

나는 그 뒤로 과 직원들이 필요한 게 무엇인지 먼저 파악하기 위해 노력했다. 과장님과 계장님은 재떨이, 차석들은 커피에 잔

심부름, 막내 형과 여직원들은 청소와 무거운 물건 나르기 등이었다.

나는 매일 같이 일찍 출근해 청소를 하고 재떨이를 닦아서 책상에 놓아두었다. 그리고 커피도 타서 자주 나누어 드리고, 물도 잘 떠다가 탕비실에 갖다 놓았다.

그런데 얼마 뒤 역시 담배 제조 회사에서 겪게 될 일이 닥쳐왔다. 궁금한 마음에 어느덧 형이라고 부르게 된 막내 직원 형에게 "출근할 때 담배 못 가지고 들어오던데 담배는 어디서 구해서 피우는 거예요?"라고 물은 게 화근이었다.

"너도 담배 피워?"

형이 눈이 둥그레져서 나를 바라보았다.

"아, 그런 건 아니고 그냥 궁금해서요."

"으응, 여기 직원들은 대다수 담배를 피워. 이곳에 근무하기 전에는 안 피우던 분들도 발령을 받고 임무를 진행하려면 어쩔 수 없이 피우게 되거든. 그것도 과 내부에서 창문을 모두 열어 놓고 피우기 때문에 눈치나 간섭도 없어, 아마 너도 더 근무하다 보면 적응이 될 거야."

왠지 어른들만 공개적으로 피우는 거라고 여겨졌던 담배가 내게도 가까워졌다는 생각이 들자 기분이 묘했다. 스스로 어른이 된 것처럼 느껴지기도 했다. 사실 고등학교 때 까치 담배 하나로 친구들끼리 장난처럼 피운 적은 있지만 공개적으로 피워본 적은 한 번도 없었기 때문이다.

우리나라에 담배가 들어온 뒤, 이 담배는 귀한 물건 취급을 받아서 양반 계급부터 서서히 퍼지기 시작했다. 1970년대까지만 해도 청소년이나 여성 흡연은 사회적으로 거의 금기시되었고, 남자도 20대 이후에 이르러서야 담배를 피우는 것이 용납되었다.

그러고 보니 직원들 책상에 연필꽂이 형태의 원통형이 놓여 있는 게 생각났다. 궁금해서 자세히 살펴보니 역시나 그 안에 몇 개피 담배들이 들어 있었다.

그리고 출근 사흘째 되던 날, 놀라운 일이 일어났다. 내 자리에도 다른 직원들과 똑같이 10개피 담배가 놓여 있는 게 아닌가. 나는 옆자리의 형에게 속삭였다.

"나는 안 피우는데 이거 형이 가지실래요?"

그러자 형은 웃으면서 밖으로 나와 보라고 했다. 나는 그를 따라가면서 학교 화장실에서 뭉게뭉게 담배 연기를 피워 올리던 추억이 떠올라 혼자서 씩 웃고 말았다. 그러자 형은 내 얼굴을 보고 같이 싱긋 웃었다.

"너 피워는 봤구나? 그렇지?"

나는 수줍게 "네." 대답하고 웃었다.

"자식, 그럴 줄 알았다."

그날 형과 나는 옥상에서 담배를 주거니 받거니 한 대씩 피우고 다시 사무실로 돌아왔다. 그것이 내 담배 사랑의 시작이었다. 나는 집에서 담배 농사를 짓는 걸 보면서 절대 담배를 피우지 않겠다고 다짐한 적이 많았다. 그런데도 그 긴장되고도 편안한 상태에서 피우는 담배는 맛이 기 막히는 게 아닌가.

그런데 뭔가 향도 다르고 모양도 다른 것 같아 물어보니, 새로운 담배를 만들기 위한 실험 단계로서 직원들에게 매일 매일 오전에 담배를 나누어주고, 퇴근할 때 그 평가를 적어 내면 해당부서에서 수합을 하여 그 결과를 토대로 신제품 담배를 만들고 이름도 붙인다는 것이다.

전 직원들이 출퇴근 시에 몸수색을 하는 이유도 바로 이런 신제품 담배가 유출되거나 정보가 새지 않도록 하기 위한 보안 대책이라고 했다.

자세한 얘기를 듣고 나자 모든 궁금증이 완전히 해결된 기분이었다. 형은 내일 담배 만드는 곳을 구경시켜 줄 테니 준비하라고 했다. 그렇게 해서 나는 처음으로 담배 공장에 들어섰다.

담배를 만드는 곳이면 얼마나 독한 냄새가 날까 싶었는데, 막상 들어가 보니 무척 넓은 공간에 깨끗한 파란 바닥이 깔려 있고 담배 냄새는 하나도 나지 않고, 달콤한 인삼 향기만 가득해서 놀라 버렸다. 기계 위에서는 담배가 질서 정연하게 절단되어 차곡차곡 가슴 높이로 쌓여 있고 아주머니들이 그 담배를 세지도 않고 잡아서 척척 넣어 옆으로 이동 시키는데 틀림없는 20개 피였다.

내가 실습을 나왔다는 걸 아신 아주머니들이 이것저것 설명도 해주시고, 공정 과정도 보여주셨다. 지금도 그때 한참 돌아본 공장 풍경이 뇌리에 선명하다. 너무나 깨끗한 공간과 환경, 좋은 재료만으로 만드는 고급 담배들은 평상시 담배가 몸에 좋지 않다고 생각했던 내 생각을 완전히 뒤바꾸어 버렸다.

그리고 그 견학을 계기로 나는 무려 25년간이나 담배를 피우게 되었고, 바로 이때의 순간이 나를 순식간에 어른으로 만들어 버렸다. 지금도 눈을 감으면 그 담배 공장의 달콤한 냄새가 떠오르고 동시에 첫 직장에 다니게 되었다는 떨림과 흥분으로 아침 일찍 세수를 하고 옷을 차려 입던 바쁜 기억, 내게 친절히 대해주었던 좋으신 분들 생각이 나곤 한다.

물은 놔두어도 제 길을 찾아 흐른다

선생님으로부터 이미 담배를 만드는 곳이라는 정보를 들었던 터라 별 궁금한 건 없었지만, 한 가지 고민이 머릿속에서 떠나지 않았다. 건축과를 다닌 내가 과연 거기에서 무슨 일을 할 수 있을까였다.

물론 아무것도 모르는 초짜인 내게 상사들이 보여준 우정과 사랑은 정말로 고마운 것이었다. 그분들은 실습생의 고초와 어려움을 헤아리고 배려해주셨다.

그러나 그 안에서 전공을 살리는 일은 쉽지 않았다. 드디어 2개월이 되었을 무렵 자재 창고를 설계하고 시공에 필요한 준비를 하라는 지시가 떨어졌다.

그 무렵 선생님으로부터 실습에 대한 결과를 알아봐야 하니 만나자는 연락을 받고 회사 근처에 있는 식당으로 향했다. 가만 보니 선생님은 실습에 대한 결과보다는 내 속마음을 보시려는 듯하셨다.

만일 내가 졸업 때까지 여기에 있으면 특별 채용으로 공무원이 될 수 있을 것이고, 원한다면 다른 길도 있다고 말씀하셨다. 그래서 나는 얼른 말했다.

"선생님, 이곳이 마음에 들긴 해요. 하지만 6개월 동안 다른 곳에 정식 직원으로 취직할 수 있다면 그리로 가서 돈을 벌고 싶습니다."

나는 선생님이 뭔가 다른 길에 대한 이야기를 하시려는 것을 금방 눈치 채고 다소 채근하듯이 질문을 던졌다. 그러자 역시나 내 반응을 살피시던 선생님께서 이야기를 꺼내셨다.

"너희 선배들이 하는 설계 사무실에서 네 얘기를 듣고 올 수 있냐고 연락이 왔는데 여기서 조금 멀어."

이미 내게 거리 같은 건 중요하지 않았다.

어차피 어디 살던지 고향을 떠나는 건 마찬가지였다. 나는 하숙이나 자취를 해야 한다는 말을 듣고도 머뭇거림 없이 좋다고 밝혔다. 그리고 마음에 숨겨두었던 제일 중요한 질문을 조급한 마음으로 여쭈어 보았다.

"선생님, 거기로 갈게요. 그런데 월급은 줄까요?"

그러자 선생님이 크게 고개를 끄덕이셨다.

"네 선배 중에 너를 잘 아는 선배가 있는 모양이더라. 잘 해결될 것 같구나. 걱정 말고 회사에 가서 말씀을 잘 드리고 학교로 연락을 하렴."

출근을 해보니 형이 먼저 와서 청소를 하고 있었다. 나는 형에게 커피를 마시러 가자고 했다. 그리고 어렵게 어제 일에 대해 먼저 상의를 했다.

"형, 나 어쩌면 여기를 떠나야 할 것 같아."

"무슨 일 있어? 네가 적응을 너무 잘한다고 다들 좋아했는데."

"아니, 그런 거 아냐. 나야 여기서 사랑 받고 좋지만, 형도 알다시피 나한테 제일 필요한 건 돈이야. 그런데 어제 학교 선생님으로부터 다른 직장에 대한 제안이 들어 왔는데 나한테 딱 맞는 것 같아서."

"어디로 가는데?"

"지금은 나도 잘 모르겠어. 다만 선배님들이 운영하는 설계 사무실이고 청주에서 조금 멀다는 것 밖에. 먼저 이곳 일 정리하고 학교로 오면 선생님이 정확하게 알려 주신대."

형은 서운한 얼굴이었지만 그러면서도 웃음을 잃지 않았다.

"잘 됐구나. 들어가서 상사 분들한테 말씀드리자."

그러면서도 내가 떠나는 게 서운한 건지 아쉬운 표정이 역력했다. 그리고 축하한다면서 잡은 내 손을 놓지 않고 사무실로 들어가서 곧바로 직원들에게 큰 소리로 고했다.

"어르신들! 우리 막내 다른 회사 간대요!"

소파에서 커피를 마시던 과장님과 건축 계장님이 깜짝 놀라시며 나를 오라고 하셨다. 내가 곧 공무원이 돼서 같이 근무할 줄 알고 인사 부서에 부탁까지 하고 6개월이 되기를 기다리고 있었다는 것이다. 하지만 속 깊은 두 분은 더는 나를 말리지 않으셨다.

"네 경제 사정이 딱하다는 걸 아는 입장이라 기꺼이 보내줘야지. 다만, 네가 원한다면 다시 오면 대환영으로 받아주마. 그리고 향후 이곳이 아닌 또 다른 부서의 공무원 시험이 있다면 무조건 응시를 해봐. 아마 새로운 삶을 찾을 수 있을 거다."

불과 2개월 만에 떠나는 나를, 상사분들은 현관까지 배웅해 주셨다. 처음 하는 사회생활에서 받은, 가족 아닌 다른 사람들의 사랑과 배려에 눈물이 날정도였다.

미안하고 죄송스러운 마음으로 인사를 드리고 정문을 나서

다가 뒤를 돌아보는데, 형이 뛰어오고 있었다.

갑작스러운 퇴사로 선물을 준비 못 해 직원들이 십시일반으로 차비를 만들었으니 받으라는 것이다. 그는 머뭇거리는 내 주머니에 억지로 돈을 깊숙이 넣어 주었다.

"취직하면 연락해, 알았지?"

"꼭 그렇게."

고마운 마음에 다시 사무실 창문을 쳐다보니 직원 분들이 열린 창문으로 얼굴을 내놓고 손을 흔들고 계셨다. 나는 다시 한 번 목례를 하고 손을 흔들며 그 정문을 나갔다.

때때로 살다 보면 조급해지고 쫓기는 기분이 들 때가 있다. 그럴 때 더 종종걸음으로 걷는다고 길을 찾을 수 있는 것은 아니다.

오히려 천천히 여유를 두고 내가 올바른 길을 가고 있다는 것을 믿되, 자신이 원하는 것에 집중하다 보면 나도 모르게 올바른 궤도로 진입하게 된다.

불안하고 힘들 때는 시냇물을 생각하라. 시냇물은 재촉한다고 해서 더 빨라지는 법이 없다. 느리게 흐르더라도 알아서 자기가 가야 할 물길을 알고 그리로 흘러가지 않는가.

첫 월급이 남겨준 소중한 기억

누구에게나 첫 월급은 떨리는 것이다. 한 사람의 사회인으로서 당당히 인정받게 되었다는 증거이자 그간 "첫 월급을 받으면 뭘 해야지."라고 꿈꾸던 것들을 처음이자 마지막으로 해보게 되는 게 순간이다.

실습을 나갔던 담배 제조사에서 나온 뒤, 이번에는 이천의 설계 사무실로 출근하게 되었다.

이곳은 모두가 고향 사람인 데다 서로를 가족처럼 생각할 만큼 사이가 가까웠다. 선배들은 어린 내게 마음 푹 놓고 열심히 일을 배우라고 힘을 주셨고, 그 중에서도 성원 선배와 관수 선배는 어려운 일이 있을 때마다 나를 푸근하게 감싸주셨다.

처음 도착하자마자 내가 물어본 것은 방값이었다. 그런데 예기치 않은 대답이 돌아왔다.

"아, 여기서는 방값 걱정은 안 해도 돼. 먹고 자는 건 회사에서 다 해결해 주거든. 그러니 걱정말고 차근차근 일만 잘 배워라."

그 말을 듣는 순간, 노력하면 이곳에서 열심히 돈을 모을 수 있겠구나 하는 생각이 들었다. 당시는 새마을 운동이 한창이어서 초가집을 걷어내고 새로운 건물들이 즐비하게 들어서기 시작했다. 이때 건물 모양을 좌지우지하는 것이 바로 우리 같은 건축설계사무실의 역할이었다.

일은 물론 고되었다. 결혼해서 가정이 있는 다른 선배들은 주말에 쉬는 경우가 많았지만 특별히 돌아갈 집이 없는 나는 거의 주말에도 출근하다시피 했다. 당시는 한여름이라 이천 시내에는 가족들과 친구들끼리 휴가를 가거나 고향을 간다고 난리법석이 한창이었다. 그러나 내게는 그런 건 생각할 수도 없는 사치에 불과했다.

먹고 자는 것이 해결되었고, 월급도 많이 줄 것이라는 기대감에 힘든 일도 열심히 했지만, 작년 이맘때만 해도 시원한 냇가에서 목욕도 하고, 고기도 잡고, 친구들과 즐거운 한때를 보냈던 것을 생각하니 괜히 씁쓸한 웃음만 입가에 번졌다.

하지만 그 외의 모든 것에는 충분히 만족하면서 즐겁게 일하는 사이 어느덧 한 달이라는 기간이 훌쩍 지났다. 드디어 첫 월급을 받는 시간이 돌아온 것이다!

저녁때까지 옥상에서 도면을 만들고 있는데 여직원이 그만하고 내려오라는 신호를 보냈다. 월급이라니! 정말로 가슴이 뛰었다. 생애 처음으로 받아보는 월급이 아닌가.

얼마를 줄지 몰라 머릿속으로만 생각하고 있는데, 선배님이 마지막으로 나를 부르더니 막내가 여기 온 지 한 달이 되었고 오늘 첫 월급을 받게 되었으니 수고했다는 의미로 박수를 쳐 주자고 했다. 무슨 상장 받듯이 받아든 봉투는 제법 두툼했다.

나는 감사하다고 받기는 했지만 막상 봉투 안의 금액을 확인하기가 쑥스러웠다.

그러자 선배님들이 확인해 보고 적으면 말하라고 하시는 게 아닌가. 나는 어색하고 쑥스럽지만 용기를 내서 봉투에 돈을 꺼내어 세어 보았다. 오백 원짜리 지폐로 18만 원, 당시 내게는 정말로 큰돈이었다.

"그래, 처음 월급치고는 많은 금액일지도 모르겠구나. 하지만 네가 열심히 했고, 네 사정을 잘 알아 상의를 해서 그렇게 넣은 거다. 쑥스러워 하지마라."

그 말을 듣자 가슴속 아래 무언가가 끓어오르고 코끝이 찡해졌다. 다음날 이른 새벽에 고향을 가기위해 시장을 가니 아직 옷가게 등의 상점이 문을 열지 않아 허름한 차림 그대로 첫차를 타고 시골까지 달렸다.

집으로 가는 두 시간 동안 차 안에서 정신없이 잠을 자고 나니 몸이 한결 가벼웠다.

9시경에 도착한 고향은 장날이었다.

첫 월급을 타면 부모님이나 형제들에게 선물을 하려고 준비한 목록을 꼼꼼히 챙겨서 사다 보니 어느새 양손이 가득해졌다. 아침이라 집으로 가는 시외버스에는 승객이 많지 않았다.

갑작스럽게 나타난 나를 보고 역시 부모님은 깜짝 놀라셨다.

"네가 왠일이니?"

한 달 반 만에 불현듯 나타난 나를 보고 한편으로는 반갑고, 다른 한편으로는 불안해하시는 눈치셨다. 그러나 손에 든 물건을 보시자 안심을 하신 듯했다.

"너 월급 탔구나. 그래, 고생이 많았지? 휴가 낸 거야?"

"아니요. 내일 가야 돼요."

그때서야 어머니는 안심을 하신 듯 아침을 준비하시기 시작했다. 나는 준비한 선물을 내려놓고 당장 할머니를 찾았다. 내가 집에 들어서거나 먼 곳에 있다 올 때, 나를 제일 반겨주시는 분은 할머니셨다. 할머니는 내가 밥을 먹는 내내 옆에 바짝 붙어 앉으시고는 "얼마나 고생이 많았어? 아픈 데는 없고?" 하시면서 엉덩이를 두드려 주시고, 반찬을 수저 위에 올려주셨다.

첫 월급은 쌀로 치면 여섯 가마를 살 수 있는 돈이었다. 먹고 자고 18만 원을 받았다는 말과 동시에 10만 원을 드렸다. 그걸 받은 부모님은 목이 메시는 듯 말씀을 못하시고 나를 멍하니 바라만 보셨다.

이윽고 어머니가 말씀하셨다.

"네가 고생해서 번 돈이니 네가 관리하는 게 낫지 않겠니? 너를 고생시키는 것 같아 미안해서 어찌할 바를 모르겠구나."

어머니는 고개를 돌리시고 방으로 들어가시는데 울고 계신 것이 틀림없었다.

나는 장에서 필요한 것도 사시고, 얼마 남지 않은 추석 준비도 하시라고 아버지께 다시 그 봉투를 드렸다. 아버지는 마디 굵은 손으로 그 봉투를 매만지시면서 말씀이 없으셨다.

슬프기도 하고 기쁘기도 한 이 첫 월급의 기억은 아직도 아련한 슬픔으로 내 마음에 남아 있다. 그러나 모든 슬픈 기분을 차치하고, 그 순간 내가 느낀 것은 확연한 기쁨이었다. 내가 가장 사랑하는 이들에게 내가 필요가 될 수 있고 도움이 된다는 것만큼 행복한 일도 없는 것이다.

첫 월급의 기억이 소중한 것은, 그것이 처음으로 받는 월급이기 때문이다. 첫 월급으로 산 작은 그 선물들은, 그 이후로 생활이 안정되어 더 큰 것을 해드려도 결코 따라잡을 수 없는 감동이 있는 것 같다. 아직도 내 기억의 사진첩에 아름답게 자리 잡은 그때 일들을 떠올리면, 문득 곁에 계신 부모님이 곁에 계심에도 더 애절해진다.

보리밭에서 피어난 아지랑이

건축설계사무실 근무가 어느 정도 익숙해진 11월경이었다. 사무실 선배가 공무원 시험 원서를 접수하려는데 같이 접수를 하자고 제안해왔다. 나는 매일 약간의 짬을 내서 책을 보긴 했지만 공부에 소홀했던 터라 선뜻 그러겠다고 하지 못했다.

하지만 마침 그 이튿날이 수원에 있는 건축사협회에 설계비 등록차 가는 날이었다.

사무실에는 비밀로 하고 협회서 일을 본 후 도청에서 원서를 사서 사진을 붙이고 접수를 해보니 그날이 마감일이었다.

시험 날짜가 언제인지 장소가 어디인지, 내 접수 번호가 몇 번인지도 잊어버린 상태로 사무실 일에만 열중하다보니 훌쩍 한 달이 지났다. 12월 6일 저녁이었다. 밥을 먹는 자리에서 선배가 내게 조용히 밖으로 나오라고 했다. 이번 일요일에 수원에서 시험이 있으니, 내일 오후에 갈 준비를 하라는 것이다. 모든 경비와 진행은 알아서 할 테니 몸만 오라고 했다. 우리는 토요일 오전 일을 마치고 각자 약속이 있다는 구실을 대고 수원 가는 직행 버스를 탔다.

직행버스는 비포장도로를 신나게 내달렸다. 한참을 가다 뒤를 돌아보니 뽀얀 먼지가 하염없이 차의 꽁무니를 잡고서 같이 가자고 춤을 추는 듯 따라오고 있었다.

양지를 지나 용인에 다다를 무렵 도로 양옆의 가로수에 앉아 있던 20여 마리의 까치들이 저만치 앞에서 앞서거니 뒤서거니 하면서 무려 1킬로미터를 배웅해 주었다. 그걸 보는데 왠지 좋은 예감이 들었다.

수원에 도착해 시험 볼 학교 인근에 여관을 잡으려는데, 이미 사람들이 꽉꽉 차 있어 인근에는 빈 방이 없었다. 우리는 한참을 돌아다니다가 다소 원거리에 있는 허름한 여관에서 여장을 풀게 되었다.

저녁을 먹고 일찍 들어와 책이라도 볼 심사로 방에 들어오니 여관 주인 아주머니가 기다렸다는 듯이 물 주전자를 들고 와서는 자리에 앉으며 말을 건넸다.

"무슨 시험을 보려고 하시나?"

우리가 공무원 시험을 본다고 하자 아주머니가 웃으셨다.

"잘왔어. 우리 집에서 자고 시험을 보면 반 이상이 합격을 했거든. 내 아들도 공무원이야."

왠지 모를 좋은 징조였다. 나는 새벽 네 시 반에 잠에서 깨어 화장실에 가서 세수를 하고 들어와 선배가 공부했던 시험 문제지를 조용히 넘겨보았다. 과목별 체크되어 있는 중요 부분만 부지런히 넘기다 보니 벌써 세 시간이 지났다.

드디어 선배와 나는 시험장에 도착했다. 안내 표지판에는 시험 공고문이 게시되어 있었다. 건축직은 몇 명을 뽑나 훑어보니 5급 57명을 뽑고 있었다. 그런데 엄청난 수의 응시자들이 붐비는 가운데 저만치 소리가 들려왔다.

"와, 이번 건축직이 무려 20대 1 이상이라네."

사실인지 몰라도 많은 사람이 응시한 것 같아 보였다.

그날 시험을 어떻게 쳤는지 아무튼 시험도 끝이 났다. 며칠 뒤 선배는 사무실 여직원이 건축사협회 가는 것을 보고 가는 길에 도청에서 합격자를 알아봐 달라고 부탁했다.

결국 그 여직원은 도청에서 사무실로 전화를 걸어 결과를 알려주었다. 그런데 놀랍게도 선배는 떨어지고 그 뒷사람은 합격

했다는 것이다. 선배의 뒷자리는 바로 내 자리였다.

여직원에게 2차 면접 시험 접수 날짜가 언제인지 물어보니 내일이라고 하였다. 설마 하는 마음에 도청에 전화로 합격자 명단을 확인해 보니 합격했다는게 아닌가. 그리고 내일까지 2차 접수를 하라고 했다.

선배에게 내 합격 사실을 알리고 내일 조용히 출장을 가서 2차를 접수하겠다고 말하니 선배는 아무 말도 하지 않았다. 괜히 미안한 마음이었다.

2차 면접을 보고 오면서 면접이 붙건 안 붙건 이 사무실을 떠나야겠다는 생각이 들었다. 열심히 공부한 선배는 떨어지고 어부지리로 동참한 내가 합격한 걸 다른 선배들이 안다면 선배가 곤란한 입장에 놓일 것 같았다.

최종 합격은 일주일 후에 우편으로 통지되었다. 드디어 완전한 합격이 결정된 것이다. 그 동안 허물없이 지내던 선배와의 사이도 갑작스레 냉랭해지는 느낌이었다.

그리고 며칠을 고민하다가 79년 1월말에 사무실에 사직 의사를 밝혔다. 다른 선배들은 갑작스러운 내 행동에 의아해 하면서 강력히 안 된다고 반대했다. 그럴 만한 사유를 설명하면 받아줄 것이니 말을 해보라고 했다.

그때 너무 집요하게 추궁당하는 나를 안쓰럽게 여긴 여직원이 자초지종을 말하고 말았다. 선배의 얼굴을 볼 용기가 없었다. 그런데 한참 침묵이 흐른 후에 가장 고참인 선배가 말했다.

"축하한다. 네가 가겠다면 보내주마. 우리와 같이 했던 네가 공무원이 되면 우리에게도 좋은 일이고 축하해야 할 일이다. 모두 인정하고 받아주기로 하자."

축하는 기뻤지만 선배를 볼 면목이 없어서 마음이 씁쓸했다. 또한 첫 실습을 나간 뒤 반 년 가까이 떠돌던 지난날이 주마등처럼 머리를 스치면서 가슴이 뭉클했다. 내 앞에 무언가 새로운 길이 열린다고 생각하니 기쁜 마음이 샘솟기도 했다.

그렇게 결국 나는 집으로 돌아와 긴긴 발령 기간을 기다리던 차에 어느덧 3월이 왔다.

3월이 되면 보리밭에 보리밟기를 해준다. 차가운 서릿발이 내려 땅이 얼면 뿌리까지 얼거나 설령 산다 해도 뿌리가 늦게 자리를 잡아 수확이 늦고 소출이 적어지기 때문이다.

쌓인 눈이 사르륵 사르륵 녹는 소리를 들으면서 보리밭을 밟고 있다 보니 논두렁 오솔길을 따라 아지랑이가 피어오르는 것이 보였다. 참으로 따사로운 햇볕에 아름다운 풍경이구나 보고 있는데 우체부 아저씨가 자전거에서 내려 나를 부르셨다.

"어이, 춘묵. 전보인데 좋은 일인 것 같네."

나는 보리밭을 밟다 말고 전보를 받았다. 다름 아닌 경기도 청으로부터의 발령 통지서였다. 내 인생의 새로운 삶이 3월의 보리밭에서 시작된 것이다.

나는 보리밭에서 피어난 아지랑이가 이렇게 아름다운 줄 예전에는 미처 몰랐다. 그리고 그 이후 무려 31년 동안 그 아지랑이를 잊어본 적이 한 번도 없다.

지금껏 나는 항상 꿈과 목표를 정하고 그것을 이루고자 부단히 노력해왔다. 살아가면서 꿈과 목표가 없다는 것은 무의미한 삶이라고 생각해서다. 목표를 세우면 달성하도록 노력했고 간혹 거기에는 도달 못해도 근사치에는 접근할 때가 많았다.

서리 내린 추운 보리밭에서 일던 그 아름다운 아지랑이처럼 힘든 일이 있으면 좋은 일이 또다시 생겨나리라고 믿으며 살아왔다. 불필요하고 나쁜 과거는 최대한 빨리 잊고 작던 크던 실수에 대해서는 원인 분석과 반성을 통해 더 나은 미래를 위해 나아가고, 나보다는 남을 생각하라시던 부모님 말씀도 잊지 않으려 했다.

그리고 31년 긴 공직생활을 거쳐 이제는 막연한 아지랑이 같았던 그때의 희망이 눈에 보이는 현실로서 성큼 다가와 있다.

첫 발령장을 받아들었을 때의 설렘과 떨림, 흥분과 두려움, 어린 청년의 가슴 속에 일렁이던 그 모든 감정들이 아직도 내 안에서 숨 쉬고 있음을 느낀다.

한 젊은이가 중년이 되고, 또다시 노인으로 가게 되는 이 모든 과정들이 내 몸 안에 오롯이 자리 잡은 것을 느끼며, 그래서 인생은 축복이라는 말이 새삼 그립고 신비로운 것이다.

내 안의 성공이 가장 중요하다

인간은 기억과 망각의 동물이다. 아무리 힘든 일도 세월이 흐르면 흔적도 없이 까마득한 옛일이 되기도 하고, 반대로 어떤 기쁨과 슬픔들은 세월 속에서 더 선명해진다.

인간이 이처럼 기억과 망각을 동시에 가지고 있다는 것은 하늘이 준 가장 큰 혜택 중에 하나이다. 우리가 무엇을 겪었건, 어떤 세월을 지나왔건, 결과적으로 자기에게 가장 소중한 것은 기억하고, 나쁜 것은 잊어버릴 수 있기 때문이다. 즉 우리 자신의 성공이란 오직 그 자신이 자신의 삶에 대해 무엇을 기억하느냐에 달려 있을 것이다.

그런 면에서 내가 지금까지 풀어놓은 이야기들은 몸소 느끼면서 그 안에서 성공의 요소를 찾아냈던 내 경험의 기록들이다.

그리고 나는 믿는다. 세상 어느 하찮은 사람도 나만큼 좋게 기억되는 자신만의 성공한 삶을 가지고 있다는 것을 말이다.

자신에게 점수를 매길 수 있는 사람은 오직 그 자신뿐이다.

최근 들어 성공의 잣대를 외부에서 찾는 사람이 많아지고 있다. 그러나 그것은 위험한 일이다. 사람은 사회적 인간으로 태어난 이상 어쩔 수 없이 자신의 가치를 자신의 내부에서 찾는 동시에 외부에서도 찾게 된다.

그러나 세상은 언제나 우리 생각보다 빨리 변하게 마련이다. 때로는 흔들리고 혼란스럽고 내 생각과 다른 방향으로 흘러가기도 한다. 그런 변덕스러운 세상에 나 자신을 맞추고 그 외부의 잣대로 나를 평가하다 보니 나 자신의 가치는 사라지고 중심이 흔들리게 된다.

우리는 누구나 자신만의 귀한 가치를 가지고 있다. 설사 그것을 타인에게 인정받지 못할지라도 내가 이 삶을 왜 살아야 하는지, 어떤 삶을 살고 싶은지 나름의 중심을 세우게 된다는 뜻이다.

언젠가 친구로부터 이런 말을 들은 적이 있다.

"정말 소중한 것은 널리 자랑하지 마라. 남들한테 다치느니 너만 알고 소중히 지켜가야 한다."

그 친구는 소신을 가지고 일하던 사업가였는데 당시 자신이 옳다고 믿는 것들을 지키려다가 큰 물질적인 손해를 보았다. 당시 그는 내게 이렇게 말하며 쓴웃음을 지었다. 나는 위로도 할 수 없고 나무랄 수도 없는 그 상황에서 그저 같이 마주보며 어깨를 두드려 주었을 뿐이다.

그런데 몇 년 뒤, 그는 보란 듯이 그 손해를 털어내고 우뚝 일어섰다. 그리고 많은 비난과 비웃음 속에서도 더욱 굳건하게 자기 중심을 밀고 나갔다. 그리고 결과적으로는 그가 믿고 있던 것이 옳았음을 행동으로, 삶으로 증명할 수 있었다.

실패할까봐 불안하고, 사랑받지 못할까봐 두렵고, 세상에서 혼자가 될까봐 애면글면하는 것은 모두 자기 중심이 튼튼해지기도 전에 세상의 잣대에 내 가치를 기대기 때문이다. 이제는 그런 세상의 시선에서 벗어나 온전히 자신의 삶의 기억들을 돌이켜 보고, 내가 몸소 배워온 나만의 성공 비법을 찾아나가야 할 때이다.

가장 큰 희망은 사람이다.

　사람은 알게 모르게 주변 환경의 영향을 받게 된다. 그 환경에는 자연 환경도 있고 업무 환경이라는 것도 있다. 지적 환경도 있고, 물질적 환경도 있다. 이처럼 다양한 환경들과 상호 교통하면서 인간은 완성되고 다듬어지고 성향이 결정된다.

　그러나 이런 모든 환경들 중에서 가장 중요한 환경이 무엇이냐고 묻는다면 나는 당연히 '인적 환경' 이라고 답할 것이다.

　지금까지 삶을 살아오면서 나는 무수한 이들의 도움과 사랑, 보호와 배려 속에서 성장했다. 그것은 헌신적인 부모님들과 집안 어르신들뿐만 아니었다. 사회에 나와서도, 그리고 결혼을 하고 나서도, 직장을 다니면서도 나는 늘 내 주변의 사람을 공경하고 싶었다. 다소 우스갯소리로 말하자면, 그런 공경과 신뢰는 하나를 주면 열이 되어 돌아오는 가장 수익 좋은 선물이기 때문이다.

　흔히 요즘 사회는, 능력만 있으면 성공할 수 있는 세상이라고 말한다. 그러나 변하지 않는 만고의 진리가 하나 있다. 사람을 제대로 대하지 못하는 사람은 단시간에 빛날 수는 있어도, 결코 긴 시간 동안 그 자신의 삶을 성공적으로 이끌어갈 수 없다는 점이다.

흔히 말해 우리가 독선이나 독단이라고 말하는 것도 마찬가지이다. 우리는 독선적인 사람을 싫어한다. 그런 사람은 타인에게 관심이 없어 그들의 말을 들으려 하지 않는다. 뿔난 소처럼 홀로만 뛰어가려 한다.

그런 이가 아무리 능력이 있다 한들, 그 번쩍이는 표면 밑에 흐르는 물은 고여서 썩어가는 물 뿐이다. 그런 물은 바다로 흘러 들어가면 고기를 죽이고, 논으로 흘러 들어가면 작물을 망가뜨린다. 그러니 사람 안으로 흘러 들어가면 상대의 영혼까지 무너뜨린다.

우리가 그런 사람을 멀리하는 것도 바로 그런 이유에서일 것이다. 우리는 누구나 희망을 가지고 싶어 한다. 그런데 곰곰이 생각해보면 허허벌판 나 홀로 사는 세상에서 아무리 금은보화를 쌓아두고 산다 한들, 그것이 과연 진정 귀한 것일까?

희망이라는 것은 혼자만 껴안을 수 있는 것이 아니라, 사람 가운데에서 생겨난다. 작은 약속들과 신뢰들, 더 나아가 서로를 키워내는 인정과 배려들, 그런 것들이 그 어떤 거창한 약속들보다 실질적이고 현실적인 희망을 만들어가는 힘이 된다.

먼 곳에서 찾지 말고 주변부터 잘 하라. 그것을 잘 하고, 그들로부터 또다시 그에 대한 보답을 받고 나면 알게 될 것이다. 바로 그 사람들이야말로 내가 이 세상에 존재하고 있음을 증명해 주는 내 인생의 증인들이라는 것을 말이다.

한껏 구부려야 힘껏 뛸 수 있다

높이 점프를 하려는데 뻣뻣하게 서 있으면 어떻게 될까? 결코 높이 뛸 수가 없을 것이다. 즉 높이 뛰고 싶다면, 일단 가장 낮은 자세로 무릎과 허리를 굽혀야 한다. 우리 삶도 이와 크게 다르지 않다. 해뜨기 직전이 가장 어두운 것처럼, 도약하기 직전에 가장 낮은 자세를 취하는 것처럼, 때로 가장 힘든 역경은 성공의 순간 직전에 찾아온다.

돌이켜보면 나 역시 그랬던 것 같다. 가장 힘든 순간이 있고 나서야 그 다음의 작은 기쁨이 더 소중하게 느껴졌고, 인생의 행로를 바꿀 때도 새로운 길을 찾기 직전이 가장 험한 가시덤불이었다. 그렇게 세상에게 얻어맞고 때로는 내가 나 자신을 힐책하면서도, 만일 그때 납작 엎드려 다음 비상을 기다리지 않았더라면 지금의 한결 단단해진 나는 없었을 것이다.

모두들 살기 어렵다고 말하는 세상이다. 나날이 경제는 어려워지고, 딱히 희망이라고 말할 만한 것들은 죄다 어디로 숨었는지 눈에 보이지 않는다.

이렇게 모두가 어두운 터널을 지나고 있으니 한없이 낮게 포복하고 기어가는 수밖에 없다. 그럼에도 그것이 영영 어두운 터널일 리는 없다. 분명 그 끝에는 다시 허리 펴고 더 높이 뛰어올라야 할 밝은 세상이 기다리고 있을 테니.

지금이 가장 힘들다면 그것에 감사해야 한다. 지금이 지나면 분명 그 허리를 펴고 더 높이 날아오를 수 있기 때문이다. 이것이 바로 힘든 때일수록 날 세우고 달려들기보다는 가장 낮은 자세로, 가장 겸손하게 살아가야 하는 이유이다.

성공보다 실패를 사랑하는 사람이 되어라

우리가 흔히 대단하다고 말하는 사람은 늘 성공해온 사람이 아니라, 지독하게 실패하고 나서도 그 실패를 극복해낸 사람이다. 우리가 진심으로 대단하다고 생각하는 사람은 본래부터 좋은 집안에 태어나 사업을 물려받은 이가 아니라, 홀로 자수성가해서 자기 삶을 높은 궤도에 올려놓은 이들이다.

이처럼 진정한 성공에는 반드시 실패의 경험, 고통의 경험이라는 요소들이 따라붙는다. 그럼에도 사람 마음은 간사한지라 달콤한 것은 받아먹고 쓴 것은 뱉으려 든다. 그러나 그 쓴 약과 같은 실패와 고통의 경험이 없다면 그냥 주어진 성공의 귀함도 알 리 없고, 그것이 오래 유지될 리도 없는 것이다.

또한 설사 성공하지 않으면 어떤가. 나 역시 사회에 나와 바쁜 생활을 하면서 때로는 누구처럼 더 화려하게 살고 싶었던 때가 있었다. 그 화려한 허상 때문에 현재의 내 처지를 비관하기도 했다. 그럴 때면 밥 한 끼를 먹기 위해 온종일 일을 하셨던 내 부모님과 동네 어르신들의 모습을 생각하곤 했다.

한없이 쏟아지는 여름 햇살에 발가벗고 친구들과 어울려 놀던, 아무 걱정 없던 내 눈에도 그분들의 삶은 고되어 보였다. 그러나 이제 와서 생각한다.

동시에 나는 그 분들에게 그 어떤 성공학보다 귀한 가르침을 배우고 있었다는 것을 말이다. 그것은 바로 주어진 고통스러운 삶의 조건에도 불구하고 꺾이지 않는 끈질긴 성실함, 그럼에도 앞으로 더 나아지리라 믿는 희망이었다.

나는 그 어떤 성공한 사람들보다 그런 이들의 삶에서 더 많은 것을 배운다. 혼자만 높은 곳을 오르겠다고 아등바등하는 누군가보다, 동생의 학비를 벌기 위해 곱은 손을 불며 공장에 나갔던 내 어린 시절의 동네 누이들을 생각한다.

내가 그런 이들에게 보답하는 길은 한 가지뿐이다. 그들이 돌봐준 내 삶을 가장 가치 있게 이끌어나가겠다는 다짐, 그리고 나보다 뒤처지는 자들을 기다려주고 때로는 이끌어주는 배려의 마음일 것이다.

2009년 11월 김 춘 묵